W0251750

DU MÊME AUTEUR

Aux Éditions Gallimard

FEMMES, *roman*, 1983 (Folio n° 1620).
PORTRAIT DU JOUEUR, *roman*, 1985 (Folio n° 1786).
THÉORIE DES EXCEPTIONS, 1986 (Folio Essais n° 28).
PARADIS II, *roman*, 1986 (Folio n° 2759).
LE CŒUR ABSOLU, *roman*, 1987 (Folio n° 2013).
LES FOLIES FRANÇAISES, *roman*, 1988 (Folio n° 2201).
LE LYS D'OR, *roman*, 1989 (Folio n° 2279).
LA FÊTE À VENISE, *roman*, 1991 (Folio n° 2463).
IMPROVISATIONS, *essai*, 1991 (Folio n° 165).
LE RIRE DE ROME, *entretiens avec Frans De Haes*, 1992 (« L'Infini »).
LE SECRET, *roman*, 1993 (Folio n° 2687).
LA GUERRE DU GOÛT, *essai*, 1994 (Folio n° 2880).
SADE CONTRE L'ÊTRE SUPRÊME *précédé de* SADE DANS LE TEMPS (Quai Voltaire, 1989) 1996.
STUDIO, *roman*, 1997 (Folio n° 3168).
PASSION FIXE, *roman*, 2000 (Folio n° 3566).
ÉLOGE DE L'INFINI, *essai*, 2001 (Folio n° 3806).
LIBERTÉ DU XVIIIème SIÈCLE, *roman*, 2002 (Folio 2 € n° 3756).
L'ÉTOILE DES AMANTS, *roman*, 2002 (Folio n° 4120).
POKER. ENTRETIENS AVEC LA REVUE LIGNE DE RISQUE, coll. L'Infini, 2005.
UNE VIE DIVINE, *roman*, 2006 (Folio n° 4533).
LES VOYAGEURS DU TEMPS, *roman*, 2009 (Folio n° 5182).
DISCOURS PARFAIT, *essai*, 2010 (Folio n° 5344).
TRÉSOR D'AMOUR, *roman*, 2011.

Dans les collections « L'Art et l'Écrivain », « Livres d'art » et « Monographies »

LE PARADIS DE CÉZANNE, 1995.
LES SURPRISES DE FRAGONARD, 1987.
RODIN. DESSINS ÉROTIQUES, 1986.

Suite des œuvres de Philippe Sollers en fin de volume

L'ÉCLAIRCIE

PHILIPPE SOLLERS

L'ÉCLAIRCIE

roman

nrf

GALLIMARD

Il a été tiré de l'édition originale de cet ouvrage
cinquante exemplaires sur vélin pur fil
des papeteries Malmenayde numérotés de 1 *à* 50.

© *Éditions Gallimard, 2012.*

« La vérité jette, lorsqu'elle est à un certain carat, une manière d'éclat auquel on ne peut résister. »

CARDINAL DE RETZ

C'est immédiat : je ne peux pas voir un cèdre, dans un jardin ou débordant d'un mur sur la rue, sans penser qu'une grande bénédiction émane de lui et s'étend sur le monde. La foule est bénie, les autobus, les camions, les voitures, les poubelles, les vélos, les scooters sont bénis. Les plus laids et les plus laides sont bénis, et aussi les vieux, les enfants, les jeunes, les femmes enceintes, les malades, les fatigués, les pressés, les rares heureux, les désespérés. Ils passent tous et toutes sous le cèdre, ils ne le voient pas, sa bénédiction silencieuse, verte et noire, filtre l'espace. On ne sait pas d'où lui vient cette tranquillité, cette ramure de sérénité.

Il vient d'Afrique ou d'Asie, le cèdre, son nom est grec et latin, il souffre au Liban et au Proche-Orient, il s'en fout, il a ses plans superposés, sa longévité, ses légendes. Ses racines pivotent à une grande profondeur, mais sa tige, droite, couverte d'une écorce rugueuse, se termine par une flèche presque toujours inclinée et dirigée vers le nord. Il peut s'élever jusqu'à 40 mètres, et son ombre, produite par de petites feuilles étroites et pointues, est épaisse et large. Il règne, il protège, il paraît méditer, il bénit.

La photo que j'ai sous les yeux a été prise en été par quelqu'un qui s'est assis dans l'herbe pour qu'on voie bien le petit personnage regardant un cèdre. Je dois avoir 2 ans, je suis un bébé bouffi qui lève un visage ravi, à moitié mangé de soleil, vers les branches. Anne, ma sœur de 8 ans, est à peine visible, devant les vérandas, sur la droite. La photo a dû être prise par mon père, le seul qui, à l'époque, prenait de temps en temps des photos. J'ai l'impression d'être là, maintenant, dans cette image qui n'est pas pour moi une image, mais une clairière toujours vivante, une éclaircie. La petite forme absurde où je suis enfermé a été jetée dans ce coin de jardin, et je suis son gardien. Continue ta marche titubante, bébé. Tu vas tomber bientôt sur le gravier, tu tomberas beaucoup dans ta vie qui commence. Anne va aussitôt crier et se précipiter, te relever, t'essuyer, t'embrasser. Elle t'étouffe un peu, elle te gêne. C'est un acte de possession, mais aussi d'amour.

Tu reviendras sans arrêt sous cet arbre. Il a beau y avoir, dans le jardin, des acacias, des noisetiers, un magnolia, un petit bois de bambous, des chênes, c'est ton endroit préféré. Tu vois cet arbre, tu le respires, tu crois l'entendre, tu le rêves. Tu peux te cacher dans les fusains, mais le cèdre, lui, te rend invisible. Tu entres dans son cercle, tu disparais à leurs yeux, pas vu pas pris, caverne à l'air libre. Tu installeras plus tard ta cabane dans le cognassier, lieu d'observation idéal. Ils font semblant de ne pas savoir où tu es, ils t'appellent, tu ne réponds pas, ils jouent le jeu, sauf Anne. Pendant deux ou trois ans, elle vient s'installer à côté de toi, et puis elle renonce. Quand tu as 12 ans, elle en a 18, le manège à mariage commence pour elle. Quand tu as 20 ans, elle en a 26, et elle a déjà deux enfants, des garçons, et ensuite une fille d'un second mariage. Il y aura encore quelques fêtes sous le cèdre, mais tu ne seras plus là.

Bébé, tu m'embêtes. Tu es souvent malade, tu refuses tout, tu délires beaucoup, des chevaux courent sur le mur de ta chambre, le diable rôde dans les escaliers. Dans les caves, tu te sens bien dans l'odeur de terre, et puis il y a les barriques, les bouteilles, tout un monde où ils descendent rarement. Les caves, les greniers, les garages, les baraques des jardiniers, c'est là que tu te réfugies sans cesse. Dieu sait ce qu'ils fabriquent avec leurs allées et venues, leurs discussions, leurs cris, leurs sommeils. Ils ont leurs rituels, leurs enterrements, leurs vices timides, leur vie, quoi. Toi, tu te demandes pourquoi un jour succède à un autre jour, tu essaies de fixer le soleil pour le voir danser, tu vas te brûler les rétines, mais non, le soleil est noir, et puis il y en a des milliers.

Tu marches beaucoup, tu dors beaucoup, tu regardes les sols avec une avidité constante. Tu deviens expert en brindilles, en feuilles mortes, en mottes, en débris, en fourmis. Tu décides que la nature est un temple, et tu n'envies pas les marchands du temple. Les arbres sont des piliers, les bois des cathédrales, les buissons des autels, les nuages des mots du ciel. Tu es encore très maladroit, mais ça viendra. Tu as juré de ne jamais travailler, et tu ne travailleras pas.

Anne te fait souvent la morale, et c'est délicieux. Entendre des femmes faire la morale, et comprendre *pourquoi*, sera un de tes plaisirs. Tu mettras ça en scène avec tes amies, encore des reproches, oui, encore. Continue, ça m'excite, pince bien ta voix, encore, encore. Lis-moi quelque chose de bien édifiant, n'importe quel sermon pour me rendre meilleur, me porter à un idéal de pureté et d'élévation. C'est entendu : je suis un singe, un ours, un primate, je ne fais aucun progrès, je suis un raté. Anne se prend au jeu, elle aime me trouver bête, borné, primaire, arriéré. Son excitation est sensible, elle est aigre, méchante, tenace. On se hait tendrement, on se persécute en roulant dans l'herbe, on se baigne en se disputant, on s'adore loin des sentiments. Elle prétend qu'elle croit en Dieu, mais son Dieu n'est pas le mien, on s'en doute.

Anne vient te chercher à l'école pour te ramener à la maison. Elle prend un air important, une vraie prémère. Il y a un petit kilomètre à franchir, un pont, la circulation. Tu refuses de lui donner la main, tu bousilles son numéro d'apparences. Pire : tu lui échappes, tu cours de plus en plus vite, tu connais un raccourci qu'elle ne connaît pas. Elle crie un peu, mais je suis aussi un chien libre, elle ne me retrouvera pas, elle ira se plaindre sans résultat. Quelques gifles ? Encore mieux, de vraies scènes de ménage. À 11 ans, carrément, tu lui proposes de l'épouser. Ça l'indigne, mais ça lui plaît. « Tu es incorrigible. » En effet.

Tu oublies ton cèdre, et puis tu y reviens, pour mémoire. Au fond, il *est* ta mémoire, et *mémoriser* est vite devenu ton activité principale. Tu apprends des tas de choses par cœur, question d'entraînement amusant, tu as repéré qu'ils sont faibles sur cette affaire. Ils sont imprécis, lacunaires, confondent les dates, sont évidemment incapables de réciter un poème, se trompent sur les détails essentiels, tout ça les mène à l'argent. Ils sont doués pour l'oubli, sauf pour leurs humiliations, leurs ressentiments, leurs vengeances. Ils ne parlent jamais de souvenirs heureux, et si je demande beaucoup plus tard à Anne si elle se souvient de ce magnifique été où on a été si heureux, elle me dira de sa voix charmante « Tu es sûr ? Tu crois ? » Je lui préciserai l'année, la saison, le jour, le bord de mer, les courses dans le sable, le soir très rouge, les oiseaux, les routes, les chemins de campagne, nos peaux brûlantes, nos réconciliations troubles. « Tu crois ? »

Ou alors un léger sourire, le plus beau que j'aurai vu. Un sourire d'au-delà du souci, et dieu sait si les soucis abondent dans une existence de femme, d'où, le plus souvent, une formidable puissance d'oubli. Les hommes se souviennent vaguement, les femmes plus du tout. Les temps sont différents, les inscriptions ne sont pas les mêmes, les effacements n'ont pas lieu aux mêmes endroits, l'archéologie ne suit pas les mêmes règles, les censures divergent. « Tu te souviens du grand cèdre près de la véranda ? — Un cèdre ou un magnolia ? — Un cèdre, regarde cette photo. — C'est nous, là, c'est toi le bébé ? — Oui. — Mais tu étais très mignon ! — Affreux. — En tout cas tu as l'air enchanté. — Tu crois ? »

Anne a été, et reste, très belle. Comme on ne se ressemble pas, mes sorties avec elle, plus tard, ont alimenté des conversations. Sa femme ? Une nouvelle maîtresse ? Non, sa sœur. Ah bon, il a une sœur ? Du même père que lui ? En effet, la question se pose, d'où le rire d'Anne, une fois : « Tu crois que maman a *fauté* ? » Maman a eu des amants, c'est clair, et il est possible que papa, comme tant d'autres hommes à travers les âges, ait accepté de *couvrir* l'affaire (moi). La question des « amants de maman » ne nous intéresse pas vraiment, pas plus que l'éternel roman familial. D'où vient-on réellement dans la génétique ? Dieu, s'il existait, ne le saurait qu'à moitié, le Diable lui-même s'y perd, ainsi que, désormais, la matière animée. Autant l'avouer : je suis fier, parfois, de montrer ma sœur, comme si nous avions une liaison secrète. Elle joue le jeu, ça l'amuse, on parle bas, on rit, on se regarde sérieusement, je lui prends la main, ou c'est elle qui prend la mienne.

Je la revois à 30 ans : grande, brune, élancée, yeux marron vifs, pas abîmée par les maternités, sportive (nage, tir). Elle reste au présent pour moi, et je la retrouve, peinte par Stendhal dans son *Voyage dans le midi de la France* : « Ce qui est admirable à Bordeaux, ce sont les fronts et les sourcils des femmes, et la charmante vivacité qui, de toutes parts, éclate dans les mouvements. » Elle est gaie, elle est tonique. Stendhal, encore : « Quelque chose de rapide et de svelte, presque jamais l'idée de force, presque toujours l'idée d'adresse. »

L'euphorie qui saisit Stendhal à Bordeaux, en 1838, est étrange. Il n'a pas tout noté, puisqu'on vient de retrouver, dans le registre des courtisanes locales, une note d'une certaine Pauline Cabarrus rédigée ainsi : « Lundi, 13 mars : M. Darlincourt, 20 francs. » « Darlincourt » est un pseudo connu de Stendhal.

Un dîner, à l'époque, avec vin excellent coûte 2,50 francs, une chambre avec café 3 francs. 20 francs pour une passe, pas mal. Ce nom de Cabarrus a dû puissamment inspirer Stendhal, en pensant à la femme du terroriste Tallien, bourreau de Bordeaux, une curieuse Espagnole qui a fini par modérer son guillotineur de choc, devenu un des instigateurs du 9-Thermidor. Le surnom de Thérésa Cabarrus, dite aussi Mme T., marquise de Fontenay, a été, pour cette raison, « Notre-Dame de Thermidor ». Elle arrête l'orgie de sang, c'est une sainte.

Pauline Cabarrus, courtisane plutôt chic de Bordeaux, était-elle de la famille de Thérésa ? Qu'a-t-elle pensé de ce bizarre Darlincourt ? Court-circuit d'autant plus imprévu que la sœur de Stendhal (3 ans de moins que lui) s'appelait Pauline. D'une façon indirecte, il a donc fait l'amour pour 20 francs, à Bordeaux, avec sa sœur.

N'empêche : si je lis l'éloge que fait Stendhal des allées de Tourny, à Bordeaux, « sans conteste la plus belle ville de France », je nous retrouve, Anne et moi, courant ici au soleil, puisqu'il fait toujours beau dans l'enfance. Stendhal compare Bordeaux à Venise. Et c'est à Venise qu'entre Anne et moi tout a failli basculer.

Elle venait de divorcer, elle m'avait invité, elle voulait revisiter avec moi la ville. « Mon enfant, ma sœur, songe à la douceur d'aller là-bas vivre ensemble. » Mais oui, Baudelaire, encore une fois, ordre, beauté, luxe, calme, volupté, douce langue natale. Je lui ai récité ça au *Linea d'ombra,* restaurant tranquille avec ponton sur l'eau :

Vois sur ces canaux
Dormir ces vaisseaux
Dont l'humeur est vagabonde ;
C'est pour assouvir
Ton moindre désir
Qu'ils viennent du bout du monde...

Il faisait très chaud, on avait bu, on s'est seulement embrassés en profondeur, j'en frissonne encore. Le lendemain, bien sûr, rien ne s'était passé.

Je l'ai perdue de vue après son remariage, car elle a vécu à fond dans son milieu classique, voyages, chasses, agitation cosmopolite de la bourgeoisie de vin de Bordeaux, Anglais, Irlandais, Hollandais, tous propriétaires de châteaux. L'étonnant est qu'elle m'a envoyé régulièrement des cartes postales d'un peu partout, d'Amérique, d'Italie, de Grèce, du Japon, du Brésil, d'Inde. En 1989, par exemple, elle est à Pékin pendant la répression du mouvement étudiant, elle a juste le temps, dit-elle au verso d'une photo de la Grande Muraille, de filer vers l'aéroport pour prendre un des derniers avions pour Paris (elle entendait les coups de feu depuis sa chambre d'hôtel). Deux ou trois gravures en couleurs du vieux port de Bordeaux, en 1830, encombré de navires, celui qu'a connu Stendhal. Et puis, surtout, ma préférée : une figurine de marbre, représentant une femme des Cyclades, dans la mer Égée, 2700-2500 avant notre ère, hauteur 76 cm, exposée au British Museum, une merveille de concentration et d'affirmation (je la porte encore sur moi dans un carnet).

J'ai à peine connu sa première fille, Claire, qui ne lui ressemble pas du tout. En revanche, la seconde, Sylvie, c'est elle. Elle s'occupe de vin, le marché chinois est en pleine expansion, elle est deux fois par an à Shanghai, elle se fout complètement de mes livres, alors que, si je vais pour une signature dans une librairie de Bordeaux, Anne est là, achète un exemplaire, m'embrasse rapidement, et repart. Je suis quand même son petit frère qui n'a pas bonne réputation. Elle lira une ou deux pages d'un de mes romans, c'est trop compliqué et souvent choquant, mais le problème n'est pas là : le petit frère reste caché dans son arbre, on l'appelle, il ne répond pas, on sait quand même qu'il est là.

Je me suis beaucoup réfugié chez elle dans les moments sombres, à Dowland, près de Bordeaux, dans une chartreuse dont la glycine bleue habite l'intérieur de mes yeux. C'était l'endroit idéal pour se suicider, mais j'ai changé d'avis à cause d'elle. Elle avait parfaitement deviné mes intentions, sa froideur et son silence fermé à toute sentimentalité m'ont sauvé. Je ne l'ai jamais vue tirer au fusil, mais elle a eu, paraît-il, sa notoriété. Diane ? Artémis ? Pourquoi pas ? Je l'ai pourtant vue nue des dizaines de fois, et elle a fait semblant, un soir, en entrant dans ma chambre, de ne pas voir ce que faisait ma main droite pendant que j'admirais des reproductions des divines chairs fraîches de Rubens. Elle est quand même sortie en claquant la porte. Son imbécile frimeur de premier mari m'a dit un jour qu'il se sentait fier de la faire jouir. J'aurais dû lui casser la gueule.

Je n'oublie pas qu'elle m'a répondu une fois, sans hésiter, quand je lui ai demandé pourquoi des enfants : « légitime défense ». Les deux maris sont ainsi jugés. Ils ont cru prendre leur pied gratuitement en s'ébrouant sur cette jolie fille, puis sur cette femme encore très jolie. Ils voulaient peut-être des enfants eux-mêmes (ça arrive), mais le malentendu, comme d'habitude, a été total. Bon vent, les bébés, bonne vieillesse. C'est étrange que les types soient aussi naïfs. Ils veulent retrouver leurs mères, ils se trompent neuf fois sur dix, puisque devenir le vrai bébé de sa femme demande des dons spéciaux, une vigilance de tous les instants, un humour et un détachement à toute épreuve. Vous devez être mangeable, solvable, et surtout la faire rire. À ce prix, seulement, elle sera peut-être votre mère-sœur et, par contiguïté, votre fille. Votre sœur, elle, n'a pas du tout envie d'être votre mère. Vous devez jouer le père, le grand frère, le mari introuvable, le roc, l'amuseur. Ne vous avisez pas de faiblir, elle vous oublierait très vite.

Le moment difficile, avec Anne, a été le partage des biens hérités après la mort de nos parents. Là se trouve le mur le plus épais et le plus ancien : l'argent. On a eu un notaire fatigué devant nous. C'était un divorce, quelle maison abandonner, quel appartement, quel troc de campagnes, quels objets plus ou moins sacrés ? Moitié-moitié ? Non, avantage à Anne, aucun cadeau. J'ai quand même raflé la bibliothèque. Impossible de la faire céder sur une pendule 18e siècle, c'est-à-dire, pour moi, sur des heures de rêveries. Rien à faire non plus pour un miroir ancien de Venise. On ne s'est pas parlé pendant deux ans.

C'est sa fille, Sylvie, qui a fini par m'apprendre qu'Anne avait quitté son vieux mari, et vivait seule à Bordeaux. Un mois plus tard : « Tu sais, elle est très malade. » J'ai donc téléphoné : « Ah, c'est toi ? — Comment vas-tu ? — Pas si mal, c'est gentil d'appeler. — Mais non, je t'aime. — Moi aussi je t'aime. »

Cancer foudroyant. Elle est morte trois mois après.

Pendant ces trois mois d'été, j'ai téléphoné chaque jour. L'infirmière, d'origine espagnole, avait une jolie voix calme. Je voulais savoir si Anne avait bien dormi, si elle mangeait et buvait suffisamment (il faisait très chaud), si la climatisation fonctionnait. Quand l'infirmière, le matin, disait « Ça a été », cela voulait dire que la nuit avait été bonne ou passable. Deux ou trois fois, réponses d'Anne très embrouillées. Puis, plus rien, et, un soir, Sylvie en pleurs.

Je ne suis pas allé à son enterrement, trop de fatigue. Sylvie m'en a beaucoup voulu, et m'en veut encore. Comment lui expliquer qu'il faut laisser les morts enterrer les morts ? Je le pense, mais mieux vaut le silence. J'évite autant que possible la mort.

Quelques lettres de condoléances, en réalité des demandes de contact. Il y a l'ami (un ancien amant ?) qui aurait beaucoup de choses à me dire sur les dernières années d'Anne. Il y a l'amie qui a souvent parlé de moi avec elle (tu parles !), et qui pourrait écrire ses souvenirs. Silence des maris, lourd silence des enfants, lettres plus ou moins forcées de vieilles relations, « votre charmante sœur », « votre belle et intelligente sœur », etc. Bien entendu, je ne réponds à personne. Spectacle de mort évité, bavardages effacés. J'allume un cierge à Notre-Dame en pensant à elle. Je rêve d'elle de temps en temps. Elle a toujours 12 ans, elle me regarde avec ironie ou reproche. Le plus souvent, elle est dans le jardin d'autrefois, près du cèdre et des vérandas, dans une éclaircie bordée d'ombre.

Sois bénie, petite chérie difficile. On a été jetés côte à côte dans l'existence, tu n'as rien su de ma vie, ou si peu. Et moi, à part ta voix, ton allure et le noir profond de tes yeux, qu'est-ce que j'ai su de toi ? Pas grand-chose.

Je pense à toi en voyant le portrait de Berthe Morisot au bouquet de violettes, la future belle-sœur de Manet, que ce dernier a peint en 1872. On dirait qu'elle est en grand deuil, mais elle est éblouissante de fraîcheur et de gaieté fine. Ce noir éclatant te convient. Ce que Manet a découvert dans le noir ? Le regard du regard *dans le regard*, l'interdit qui dit oui, la beauté enrichie de néant. Des philosophes ont écrit sur Manet, mais, comme c'est curieux, ils ne semblent pas avoir vu ses femmes. La très belle sœur de Manet le voit, lui, ce peintre, elle le traverse. Les violettes sont leur secret commun, elle porte le deuil *en avant* des massacres de la Commune. Elle a tout l'avenir devant elle. Ni la Terreur ni la Mort ne règnent ici, et le 18ᵉ siècle français devait passer par ce noir pour s'approfondir. Le noir, donc, comme lumière, dans une jolie veuve, une jolie sœur.

Le *oui* dans le *non* : quelle trouvaille, et seul Manet l'a trouvée. Elle lui répond, elle l'aide, elle le devance. Cette sœur est l'éternelle ironie de la communauté, la liberté de vivre ou de mourir. Ce dialogue est un éclair dans la nuit, une lame de couteau ou de Tarot éclipsant les autres. Manet l'a brossé dans un grand élan. On lui demande un jour quelles sont les femmes de sa vie. Réponse : « celles de mes tableaux ». Il y a une vie sans mort de certains tableaux comme de certains livres, parce qu'ils s'adressent toujours à quelqu'un de très singulier. Appelez cette toile *Portrait d'une anarchiste* : vous verrez, ce titre lui convient très bien. Même chose pour l'*Olympia*, et tout change. Pour *Le Déjeuner sur l'herbe*, essayez *La Réunion des dieux*, et voilà des dieux grecs en pleine actualité, d'où le scandale. Manet « précurseur de l'art moderne » ? Mais non, tous les « modernes » sont vieux à côté de lui. Ne parlons même pas de « l'art contemporain », cette plaie de laideur grouillante adaptée à la publicité permanente.

Comme les humains adorent inconsciemment la mort, ils ne peuvent pas entrer dans le noir vivant, c'est-à-dire le néant vivifiant qui les fonde. Ils ne sont pas *là*. Manet ne s'explique pas, il agit, sa main ne s'arrête pas, et si ce ne sont pas des femmes, ce seront, à la fin, des fleurs dans des flûtes de champagne. Quand le vieux Picasso veut rajeunir, il reprend *Le Déjeuner sur l'herbe*, et il redécouvre immédiatement la clairière. Quant au *Berthe Morisot au bouquet de violettes*, ce n'est pas seulement le visage et les yeux qui sont un regard dans le regard, mais toute la toile, comme une parenthèse lucide du négatif. Anne m'en a envoyé une reproduction, il y a douze ans, quand il a été acheté pour le musée d'Orsay, avec, notamment, la participation du China Times Group et d'un mécénat coordonné par le quotidien *Nikkei*. J'étais là, un matin, lors de la vente à Paris ; il y a des présages.

Liberté, liberté chérie, voilà ce que chante le pinceau de Manet, à une heure importante de l'histoire de son pays, lequel s'est enfoncé depuis dans les glaces. Le 14 juillet 1880, « Vive la République », « Vive l'amnistie ».

Les artistes ont raison d'être pour le régime qui entrave le moins possible leur inspiration. Livre à écrire : *Politique des artistes en situation.* Pas d'idéologie, pas de morale. Seul sujet : qu'est-ce qui a permis à X ou Y, à telle ou telle époque, de faire ce qu'il a fait ? Qui ou quoi a tenté de l'en empêcher ? Argent, femmes, amis, ennemis, maladies, cabales, jalousies, partis… Au fond, c'est simple : on arrive, ou pas, à jouer jusqu'au bout son enfance. Un bouquet de violettes suffit.

A-t-elle pensé finir sa vie avec moi, ma sœur Anne ? Sans doute, en passant, fantasme furtif. Quelle femme n'a pas pensé transformer un homme en frère qui protège, paye, respecte votre corps, écoute et se tait ? Avec les maris, les amants, impossible, la blessure sexuelle est là, elle cicatrise mal. Mais le frère sensible et discret, celui des verts paradis des amours enfantines, celui qui ne vous ressemble pas mais a les mêmes yeux que vous ? J'aurais dû être l'aîné, c'est manqué.

« On voit l'intelligence dans chacun des coups de pinceau de Manet », dit Picasso. L'intelligence… Cherchez le plus de concision possible, dit Manet, agissez par réflexe, restez le maître de faire ce qui vous amuse. Soyez spontané, immédiat, pas de *pensum* ! « Dans les figures, cherchez la grande lumière et la grande ombre, le reste viendra naturellement, c'est souvent très peu de chose. » Soyez en état de « traduction instantanée » !

Évidemment, cette liberté physique et nerveuse choque les ralentis de tous bords. Baudelaire, en 1865, dit de Manet que plus l'injustice augmente à son égard, plus la situation s'améliore. C'est vrai, sauf que l'injustice prolongée use et pousse à la mort. Mallarmé, lui, pense que Manet « peint par irrésistible instinct ». L'instinct, l'intelligence… En 1955, Georges Bataille touche au cœur : « L'indifférence de Manet est l'*indifférence suprême*, celle qui, sans effort, est cinglante, celle qui, scandalisant, ne daigne même pas savoir qu'elle porte le scandale en elle. » Manet était très étonné des injures qu'il recevait. Il n'avait aucune intention de scandaliser, et là, précisément, était le scandale. Scandaleuse Victorine Meurent, scandaleuse Berthe Morisot, scandaleuse Méry Laurent : le portrait de cette dernière, en chapeau noir, au musée des Beaux-Arts de Dijon, éclaircit soudain, en bleu d'oiseau, toute la ville.

Qu'est-ce qu'une belle jeune femme s'il n'y a pas un Manet ou un Picasso pour la voir ? Une hypothèse, une photo, un plan de cinéma vieillissant à vue d'œil. Un produit de beauté plus ou moins tragique, une pose forcée, un mannequin travesti, une nymphe idéalisée absurde. Avec ces deux-là, au contraire, c'est tout autre chose : l'instantané transperçant la beauté qui devient légende. Un jour, Manet suit une mince jeune femme sur les boulevards. Sa femme, Suzanne, survient : « Je t'y prends ! » dit-elle. Et Manet, du tac au tac : « Je croyais que c'était toi ! » Suzanne, son admirable pianiste hollandaise, plutôt ronde, racontait elle-même l'histoire avec un sourire. Elle ne pouvait pas ignorer les fréquentations féminines de son mari, devenant des modèles dans son atelier : prostituées, serveuses, demi-mondaines, toutes impressionnées par ce monsieur si courtois, si élégant, par ce grand causeur qui les faisait rire. Un coup de pinceau ? Mais comment donc ! Regardez la fraîche et insolente Nana dans sa loge, sa houppette à la main. Elle n'y croit pas, mais s'ils veulent y croire, elle veut bien faire semblant d'y croire. Manet comprend ça. C'est pourquoi la star Olympia continue son travail au noir.

Vous n'allez tout de même pas me dire que Manet est une sorte de dieu grec ? Mais si, justement, à condition de savoir, ou plutôt d'éprouver, ce qu'est un « dieu grec ». Prenons le plus profond penseur qui s'est occupé de ces choses au 20e siècle :

« Un dieu grec n'est jamais un dieu qui commande, mais un dieu qui montre, qui indique. »

Et surtout :

« Les dieux sont ceux qui regardent vers l'intérieur, dans l'éclaircie de ce qui vient en présence. »

Voilà ce que pensait et voyait, sans arrêt, la *main* de Manet.

Présages.

Au début de l'année 2010, je suis surpris de recevoir l'invitation suivante :

« À l'occasion de l'arrivée définitive du manuscrit d'*Histoire de ma vie* de Giacomo Casanova à la Bibliothèque nationale de France,

Mme Lucie D.
serait heureuse de vous recevoir à dîner,
le jeudi 18 février à 20 h 30,
122 avenue Pierre-Ier de Serbie, 75016,
Code VE 1725. »

Lucie D. ? Pour moi, juste un nom, 40 ans, un fils d'une dizaine d'années, divorcée d'un homme d'affaires très en vue, connue comme spécialiste d'archéologie et collectionneuse de manuscrits. Jamais rencontrée, mais réputation. Elle doit savoir que j'ai publié, il n'y a pas si longtemps, un livre sur Casanova. D'habitude, je ne donne pas suite à ce genre d'invitation, mais là, curiosité, j'accepte. Le 18 février, au matin, je ne veux pas non plus manquer la signature du contrat de vente de ce manuscrit légendaire qui stagne depuis 212 ans en Allemagne. La cérémonie a lieu au ministère de la Culture, rue de Valois, à Paris.

J'arrive en avance, il fait beau, je me balade dans les jardins du Palais-Royal, je pense à Diderot et au *Neveu de Rameau*, « mes pensées ce sont mes catins ». Je l'imagine, une fois de plus, avec sa Sophie, sur le banc d'Argenson. Puis salon, à l'intérieur, et la première personne que je rencontre n'est autre que Benedetta Raversi, spécialiste italienne du 18e siècle français, très femme du monde académique, protégée par l'érudition interminable et les chichis universitaires du professeur Brumadori. Elle m'embrasse, elle est furieuse de me voir, je la révulse en tant qu'*amateur*, les gens comme moi écrivent n'importe quoi sans notes en bas de page, sans bibliographie, en laissant courir leur imagination sans autorisation. Elle est quand même ravie d'être là pour ce moment historique, cinquante personnes, pas plus. Son visage chiffonné se demande pourquoi, moi, je suis là.

J'observe le bal pressé des photographes et des cameramen devant la vitrine où est exposé le manuscrit d'*Histoire de ma vie*. Personne n'a l'air de remarquer qu'il est écrit *en français*, toute l'attention se fixe sur le descendant allemand du propriétaire et le chèque de 7,5 millions d'euros que lui remet le ministre, venant d'un mécène inconnu. Photos d'un côté, millions de l'autre.

La petite et fine écriture noire de Casanova traverse les vitres et va se perdre dans les arbres du Palais-Royal.

Le soir, donc, chez Lucie D., grand appartement luxueux, douze invités, dont Benedetta Raversi, de plus en plus furieuse de me voir. Officiels prévus, conversations prévisibles. Cette Mme D., belle et gracieuse dans sa robe noire, me rappelle aussitôt quelqu'un : Anne, ma sœur, en toute autre. Je le lui dis. Elle : « Vous avez une sœur ? — J'avais. Elle vient de mourir. — Oh, pardon. »

Vous ne croyez pas à la magie, moi si. Mme Lucie D. est née à Bordeaux, elle est la fille du propriétaire d'un des plus prestigieux grands crus. Bordeaux, Casanova, Venise, le code VE 1725 (date de naissance de Giacomo), le manuscrit d'*Histoire de ma vie*, c'est comme ça, les dés sont jetés, le reste va suivre.

Les grandes bourgeoises intelligentes (il y en a encore quelques-unes) savent qu'elles pourraient en savoir *beaucoup plus*. Mme D. connaît bien son monde, mais voilà : elle s'ennuie. Contrairement aux filles des classes moyennes, très sûres d'elles et barbantes, leur regard curieux est intense, aussi révélateur que celui de Berthe Morisot dans *Le Balcon* de Manet. C'est très volontairement que le peintre de l'*Olympia* a situé sa future belle-sœur à côté de deux personnages d'époque insignifiants. Elle est ainsi projetée dans l'avenir, elle troue la toile, elle sent qu'elle est *en retard*, comme tous les acteurs inconscients présents. Coup de foudre noir antisocial, le plus rare. « Je ne vois que des gens qui n'ont rien à m'apprendre », dit-elle. Voilà : Benedetta Raversi comprend tout, elle va partir très vite, exaspérée, et se plaindra au professeur Brumadori de mon sans-gêne. Mais elle est incapable d'imaginer la suite : le studio loué par Lucie dans le 7e arrondissement, rue du Bac, au cinquième étage, pour nos séances de fin d'après-midi. Est-elle la mécène qui a acheté le manuscrit d'*Histoire de ma vie* pour l'offrir à la BnF ? Le lecteur ou la lectrice en décidera. Je m'intéresse à elle, pas à sa fortune.

À propos d'argent, prenons quelques exemples de manœuvriers de ce temps.

Nicolas Milstein (présent au dîner) est, selon les clichés qui circulent dans ce milieu, un Mozart de la finance, un Napoléon de la Bourse, une merveille de la technique froide toujours souriante. Dans son bureau de conseiller des plus grandes fortunes du pays (et d'ailleurs), il a fait accrocher au mur deux grandes photos de Samuel Beckett. Comme Milstein est très petit, cette décoration paraît comique au premier abord, le temps de comprendre que l'esprit des affaires domine, de haut, la grande taille efflanquée et déprimée de l'auteur de *Cap au pire.* Il est très agité, ce soir, Milstein, la crise financière est sévère (sauf pour les banques), on est en pleine explosion et rideau de fumée, il vient de passer deux heures avec un Président épuisé, débordé par les révélations touchant la femme la plus riche de France. Et voici le mot qui fait dresser tous les cheveux sur les têtes : *L'Oréal.* Sous les pavés la plage, sous la Cagoule Votre Beauté.

C'est donc le moment d'évoquer un autre Mozart ou Napoléon de l'argent, Pierre-Marie Bommier, un acrobate virtuose dans un autre genre. On vient d'apprécier ses qualités, puisqu'il a réussi à soutirer à la fille très âgée du fondateur de la Cagoule un pactole de 1 milliard d'euros. Aucun doute, il y faut du génie. C'est un rôle de composition à plein-temps, une motivation d'enfer. Pour l'argent ? Mais non, pour *l'idée* de l'argent, et mépriser l'argent à ce point est divin. Pierre-Marie, homosexuel flamboyant, a toujours été d'une intelligence exceptionnelle, au service d'une monumentale envie de revanche sur une enfance humiliée. Je l'ai connu, on a beaucoup ri ensemble, il est rapide, moi aussi. C'est une sorte de saint, comme Milstein, mais dans le genre baroque, bon photographe par intermittence (tiens, il a pris d'excellentes photos de Beckett à Tanger, comme quoi l'ascète Beckett fréquentait, plus qu'il ne le croyait lui-même, les forces de l'ombre).

Bommier et Milstein, deux stars. En dessous, une vieille femme cynique et subjuguée, avec Présidents aux ordres, hommes politiques caressés et arrosés, le plus intéressant, dans cette cour des Miracles, ayant été Mitterrand, l'ultime pharaon de la pyramide hexagonale, l'homme pour qui tout était gris, même le gris. J'ai remarqué l'erreur spontanée des bavardages autour de cette affaire de séduction rentable. « Elle lui a donné 1 million d'euros. — Pas 1 million, 1 milliard. » Ici, les yeux se vident, l'imagination ne fonctionne plus, 1 milliard d'euros n'est pas pensable. « Amusez-moi », disait la vieille dame à Bommier. Il l'amusait.

Le Diable est malin, mais il ne sait pas pour qui il travaille. Le jeu mortel avec le temps a ainsi ses vedettes de casino, les vraies vedettes, celles qui font monter les enchères. Prenez Bommier : quelle agilité, quelle vigilance, quelle angoisse surmontée, quelle maîtrise de l'improvisation permanente ! Être constamment aux petits soins, mais multiplier les rosseries, les obscénités, les rebuffades, attaquer et ironiser sans cesse, pour renforcer l'emprise, du grand art. Donnez-moi 1 milliard, 3 milliards, j'en ai rien à foutre. Les puissants veulent être à la hauteur de cette insolence, ils ont honte de leurs places, et voici un acteur qui surgit, s'installe chez eux, met les pieds sur la table et leur dit des vérités atroces qui, en somme, les *anoblissent*. Bommier était comme chez lui à l'Élysée, pouvait engueuler et tyranniser tout le monde, terroriser les employés de l'archimilliardaire, laquelle ne savait pas qu'elle plaisait *à ce point*, lui faire sortir son carnet de chèques de son sac comme un lapin, se pointer aux Éditions Gallimard, y faire publier ses catalogues de photos peinturlurées financés en douce, entrer dans mon bureau, m'embrasser en m'étouffant, faire de même avec le propriétaire des lieux, étaler son mépris hilare et bruyant d'« enfant terrible », tout lui était permis, étrange pouvoir de charme. Un bon garçon, Bommier, au fond. À côté du tableau, à côté de la plaque, comme ses victimes consentantes, son *personnel*. Malin, très malin, mais obligé de constater qu'il me laissait froid, que j'avais le vaccin et l'antidote de tout ce bordel, bref que je pratiquais à haute dose « l'indifférence suprême ». Seul de mon temps ? Je crois.

Milstein aussi est plutôt un bon garçon, un tueur modéré, premier de la classe. Bon mari, bon père, bon ami, la Loi dans tous ses états, venant du fond des âges. Les milliards volent, et alors ? Dieu veille, et le Diable aussi. Ils ne se fréquentent pas directement, mais il y a plusieurs portes dans les banques. Quand l'un entre, l'autre sort, chacun a ses prérogatives, ses cartes, ses réseaux, ses passeports multiples. La scène est la même partout, mais rendons hommage à la France : c'est, de loin, le pays qui a produit les meilleurs professionnels du vide, les plus aigus, les plus drôles dans l'escamotage mondial. Voyez ce sinistre escroc américain, Madoff : rien à voir avec la tenue sous-marine irréprochable de Milstein, rien à voir non plus avec la folie inspirée de Bommier. Ceux-là ont inventé un style, ce sont des pionniers.

Casanova est pour moi une vieille histoire, ce n'est pas le sujet de ma liaison avec Lucie. Je l'aime et je l'amuse autrement, clandestinité stricte. Elle est ma sœur Anne, en effet, si cela avait été possible. Rue du Bac, à 17 h 30, on fait l'amour tout de suite, on écoute parfois un peu de musique, un verre pour finir, avant de rentrer chacun chez soi. Physique d'abord, conversation ensuite, jamais le contraire. Juste quelques anecdotes sociales, histoire de s'étonner de la décomposition générale en cours.

De son prénom, Lucie sait seulement qu'il a un rapport avec la vue, et une sainte qu'on a invoqué beaucoup, dans le lointain passé chrétien, à propos des yeux. Je lui fais donc un petit topo sur sainte Lucie (281-304) qui a eu la tête tranchée à Syracuse parce qu'elle voulait rester vierge et confessait hautement sa foi. Être décapitée à 23 ans, c'est tôt (mais il y en a eu des milliers comme elle). Ses restes ont transité ensuite par Constantinople jusqu'à Venise, et se trouvent là, dans l'église qui porte son nom. C'est la sainte personnelle de Dante, qu'elle aurait guéri d'une maladie oculaire : Lucie, lumière, éclaircie. Elle apparaît au chant 9 du *Purgatoire*, pour un drôle de transfert nocturne. Dante se réveille, il a changé d'étage, ou plutôt de corniche. Il s'étonne, et Virgile, son guide et protecteur, lui dit : « Une Dame est venue : "Je suis Lucie, dit-elle, celui qui dort laisse-moi l'enlever, je veux l'aider au cours de son voyage." Elle t'a couché là… » Elle réapparaît au chant 32 du *Paradis*, où elle a été envoyée par Béatrice pour sauver l'auteur. On voit que ce poète pouvait compter sur des amitiés féminines solides dans l'au-delà, et sûrement, aussi, ici-bas. Sept siècles après, nous sommes perdus dans l'ici-très-bas ; plus de Lucie pour les yeux, plus de Cécile pour la musique, plus d'anges, plus de saints ni de saintes, plus de Vierge Marie, plus de Père, de Fils, de Saint-Esprit. Terre dévastée, Ciel vide, Phynance d'abord, Spectacle accéléré, communication vide.

J'ai remarqué, depuis longtemps, que les types de 25 à 35 ans ont les plus grandes difficultés à avoir une élocution déliée, et même à former des phrases correctes. Ils hésitent, s'engorgent et, si on leur parle, ils ne comprennent, dirait-on, qu'un mot sur dix. N'abordons pas l'Histoire : leur ignorance y est stupéfiante, le Système fonctionne donc à la perfection, fabrique les corps qu'il lui faut, flux continu d'ignorants, souvent sympathiques. S'ils lisent un livre, ils l'oublient, ils oublient qu'ils l'ont oublié, ils reviennent à leur ordinateur qui sait tout à leur place.

Lucie me demande quelques conseils pour son fils Patrick. Me voilà donc engagé dans l'éducation à distance d'un garçon de 12 ans que je ne connais pas, et ne connaîtrai jamais. Il aime lire de la poésie ? Non, ce n'est pas possible, miracle. Il n'est pas scotché à la télévision, au rock, au Net ? Miracle, miracle. Il réagit positivement à Bach, à Mozart ? Miracle. Il fait déjà du chinois ? Il va chaque année, avec sa mère, à Venise ? Elle lui a fait connaître Bordeaux, et toute la région cachée dans les vignes ? Miracle. Il est joyeux et discret, très réservé ? Miracle. Enfin, du calme. Bonne chance, voilà tout. Conseil : acheter beaucoup de livres sur la peinture avec de belles reproductions de Manet, pourvoir le regard de sa mère, c'est-à-dire de ma sœur. Il ne s'agit pas d'« âme-sœur », mais bien de corps-sœur. C'est rare, mais ça arrive.

Pas question, évidemment, de sortir ensemble. Je sais que presque personne ne me croira si je dis, une fois de plus, que le véritable amour exige une clandestinité stricte. Il suffit de s'organiser. La rue du Bac est tout près de mon bureau, j'ai les clés du studio, j'arrive le premier, après avoir bu un café à *L'Espérance* ou au *Café de l'Empire*. Un quart d'heure plus tard, ponctualité royale, Lucie est là, dans mes bras. Elle voyage, je voyage, on se prévient par portable audio, pas de textos, de toute façon personne ne la surveille, et son ancien mari, remarié, n'intervient que pour des raisons d'argent. Le studio est confortable, vue sur les toits, plein sud, climatisation en été, télévision rapide pour les catastrophes, les guerres, les attentats, les scandales. Aucun nom annoncé en bas, pas de concierge, code secret. À 19 h 45, c'est fini, et, vingt minutes après, elle prendra un bain chez elle, dans le lointain 8ᵉ. Il y a plein de Paris dans Paris.

Personne ne sait donc rien, dans une époque qui se vante de tout savoir. Innovation dans le temps ? Je pense. D'autres aventuriers m'approuvent, mais dieu sait où ils sont. Casanova me sourit au coin de la rue de Beaune. Il fait beau, les rosiers grimpants sur la terrasse de Gallimard, en face de mon bureau, sont en pleine profusion rose et blanche. Ne me dites pas que je m'occupe là, depuis des années, d'une revue et d'une collection qui s'appellent *L'Infini*, c'est trop peu vraisemblable.

Lucide et charmante Lucie, qui vient de notre pays, le Sud-Ouest, avec ses sensations de paradis multiple. Elle sait tout, et bien mieux que moi, de l'Égypte, de son histoire ancienne, de sa mythologie, des fouilles, des débats en cours. Elle a beaucoup vécu au Caire jusqu'à son mariage. Que faire de son argent ? Elle collectionne des manuscrits rares, elle veut voir les miens, je les lui apporte rue du Bac, des centaines de pages de petite écriture bleue comme des plans d'eau à perte de vue. J'aime le papier, ce roseau d'Égypte, ce mûrier ou bambou de Chine. Je crois aux vertus cachées des papyrus. Pas d'ordinateur, pas d'écran, pas d'*affiche* : le papier *respire*, il faut s'inventer une oreille pour l'écouter. Molécules, esprit des forêts, odeur de l'imprimerie, peau, soie, parfum, comme avec une femme qu'on aime. Le papier *s'exprime*, la main parle en glissant dans l'encre. Vous ne l'entendez pas ? Mauvais signe : au pays des morts, vous ne passerez pas.

Lucie n'ose pas me proposer un achat, il faut tenir la mort à distance. Mais à qui vais-je donner tout ça ? À la BnF ? Sans doute, un jour, moi ou quelqu'un d'autre. Ce sont des romans, des essais, des cahiers, des carnets, feuilles du même arbre, histoire d'une vie qui continue à travers les lignes. J'aurai tenu mon cap au millimètre. Pas de grande photo de moi chez Milstein ou chez d'autres, et, pour l'opinion, une réprobation certaine. Qui s'en plaindrait, avec la vie que je mène ? Pas moi.

Tous et toutes me poussent vers la mort, alors que quelque chose me pousse sans arrêt vers la vie. Deux fois par an, au bord de l'eau, j'embrasse les arbres, surtout le vieux cèdre et le jeune acacia. Je les revois toujours pour la première ou la dernière fois. « Nous sentons et nous expérimentons que nous sommes éternels », écrit l'incroyable Spinoza. « Dieu comme la Nature. » La devise de Casanova, grâce à qui j'ai rencontré Lucie, était : « Sequere deum », « Suivre le dieu ». Quel dieu ? L'intime, l'instant, l'éclaircie, la rencontre, le hasard, à moins qu'il n'y ait pas de hasard.

La rumeur a couru assez vite que le manuscrit de Casanova a été acheté par Lucie, bien qu'une autre rumeur assure que l'acheteur anonyme est une grande entreprise publique, soucieuse d'apurer ses comptes. Lucie laisse dire, elle s'en fout. Beaucoup de mes amis, qui se croient « de gauche » alors qu'ils sont très réactionnaires, jugeraient Lucie selon des réflexes de classe, plaie, depuis longtemps, de la société française (Manet, ce grand bourgeois aristocratique, en a particulièrement souffert). Il faut écouter ce genre de réactions pour comprendre pourquoi la France a fini par s'absenter de l'Histoire en perte dans sa mémoire. Tant pis, les tableaux et les manuscrits sont là. Les livres se lisent eux-mêmes, les tableaux effacent ceux qui ne les voient pas.

Sylvie, ma nièce, me laisse plusieurs messages, je finis par la rappeler. Je constate qu'on n'est plus brouillés après ma scandaleuse absence à l'enterrement de sa mère. A-t-elle déjà oublié Anne ? Mais tout s'éclaire vite : elle s'occupe du vin de Bordeaux, et les grands crus bordelais sont de plus en plus demandés en Chine, les Chinois veulent s'éduquer la langue, le palais, les narines. Sylvie a une idée géniale : je peux commencer par une tournée de conférences en Chine, et ensuite, pourquoi pas, obtenir un poste de consultant permanent à Shanghai. Inutile de dire que Sylvie serait ma première assistante. La preuve : elle parle couramment le chinois et l'anglais. Nous accompagnerions aussi les nombreuses délégations chinoises à Bordeaux et dans la région. Elle s'occupe de tout.

On est assis à la terrasse du *Montalembert*, je la trouve pas mal du tout, ma petite nièce, brune, ronde, décidée, gonflée. Elle est ravie à l'idée de me vendre pour sa promotion commerciale. J'aime bien le mot *nièce*, il a une couleur trouble, une douceur de porcelaine. Mais elle n'est pas du tout porcelaine, Sylvie, elle m'assomme déjà de chiffres, de prix, de potentialités énormes. À l'en croire, c'est l'affaire du siècle, l'année 2009 a été exceptionnelle, au niveau de 1945. Les Chinois se poivrent désormais au cognac et au Haut-Brion. Ce que je dois faire ? Mais parler du *goût* ! De ma « guerre du goût » ! Des amphithéâtres bondés ! Un triomphe ! Des Chinois médusés, attentifs, prenant des notes ! Le célèbre French writer born in Bordeaux ! Traduit par sa nièce ! Elle est tout émoustillée, Sylvie, elle vient de prendre acte de mon existence, elle a lu tous mes livres d'un seul coup, sans avoir à les lire. Les passages douteux sont oubliés, je suis pardonné.

Elle a déjà pris contact au plus haut niveau chinois, notre fortune est faite, ou plutôt sa carrière, dont je suis le tremplin inespéré. Finalement, malgré mes mauvaises manières et ma réputation contestée, *j'ai toujours eu quelque chose*, on le disait dès mon enfance dans la famille, surtout Anne, qui m'aimait beaucoup et parlait souvent de moi à sa fille. « Tu crois ? — Mais oui, elle avait tous tes livres chez elle. — Oui, mais peut-être pas lus. — Comment peux-tu dire une chose pareille ? » Anne, comme elle, avait certainement tout lu.

Sylvie, de plus en plus excitée, reprend son programme chinois. Des millions de bouteilles à très haut prix ! Des experts en recyclage continu ! Une culture millénaire débarquant en Gironde pour marier son raffinement à celui des Margaux ! Moi en chef d'orchestre incontournable de ce grand concert ! Les médias furieux, obligés de suivre ! Tous mes concurrents écrasés ! Céline retourné ! Ruse de l'Histoire ! Temple du Ciel, Temple du Goût !

Je finis par trouver ce petit monstre très sympathique, mais elle me fatigue. Vous me voyez, assis à côté d'elle, à Shanghai, en train de donner des « Cours de Goût » à mille Chinois impassibles ? « Alors, c'est d'accord ? dit Sylvie. On part trois semaines là-bas à la fin du mois. Cinq conférences, des entretiens, des rencontres, tout est pris en charge, et tu touches cent mille euros. Plus que correct, non ? »

Je sens que je vais me rebrouiller avec Sylvie. Elle s'arrangera autrement. Elle n'a rien gardé du charme ironique et noir d'Anne. On dirait qu'elle n'a pas eu d'enfance, comme la plupart des figurants ou des figurantes de sa génération, bébés endormis devant la télévision, plus de conversation, de moins en moins de moyens d'expression… Elle trouvera que je suis très con de refuser cet argent. « Ce n'est pas un si bon écrivain, après tout. »

Vous vivez désormais dans un film, vous jouez les moments de votre existence. Prenez une de vos journées, filmez-la intégralement, puis passez les images en accéléré, vous verrez le résultat, du lit le matin au lit dans la nuit, le lendemain et le surlendemain, à quelques variantes près, pareil. Les jours de congé ou fériés, les vacances, c'est pire : aucune excuse pour ne pas interrompre ce tourbillon de gestes, ces bouches qui s'ouvrent pour ne rien dire, cette frénésie de survie. Pas un plan *pour rien*, même la détente est jouée et paraît occupée. Vous allez d'un point à un autre, d'un bureau à un autre, d'une réunion à une autre, vous téléphonez sans cesse, vous recevez et envoyez des textos, vous pianotez sur votre ordinateur, vous êtes bloqué dans des embouteillages, vous êtes soucieux, vous riez trop pour rire, vous faites semblant d'être au courant quand le scénario lui-même n'est pas au courant. Vous vous lavez, vous déjeunez, vous allez encore une fois aux toilettes, vous dînez, vous prenez vos médicaments, vous dormez, vous rêvez. Pas d'interruptions, surtout, ce serait un risque. Les suicides augmentent dans les télécommunications, c'est un signe. Plus loin, là où Dieu en personne donne toujours des ordres, vous vous faites exploser sur des marchés bondés.

Je vous recommande les repas de famille, la mauvaise humeur générale, les conseils d'administration, les réunions syndicales, les manifestations à hurlements et pancartes, les scènes d'amour ratées. Le chef-d'œuvre français de cette époque restera, sans aucun doute, la série télévisée *Un gars, une fille*, Jean et Alex. Pas un homme, un *gars*, un brave gars, quoi, naïf, rusé, sans cesse brimé par une *fille* (pas une femme) qui n'arrête pas de parler au téléphone avec sa mère ou sa copine, se plaint de tout, sourit à s'en décrocher la mâchoire, embête son mec dans la salle de bains ou la cuisine moderne, pendant qu'il se demande, nigaud inspiré, comment il a pu se fourrer dans cette situation sans issue, sauf une, qui est là, au bout des achats, lancinante : un enfant et, pourquoi pas, un jour, trois enfants. Le plus drôle, c'est quand ils se précipitent, après cent remarques acerbes et un violent mépris réciproque, pour faire l'amour. Ils disparaissent sous un drap, ils sont atrocement normaux, ils roucoulent. C'est l'apothéose du couple universel classe moyenne, tous les clichés de la consommation incessante sont là, on ne s'en lasse pas. Aura-t-elle enfin son enfant dans cette agitation d'enfer avec pauses touristiques ? C'est fatal. Tout est fermé, enfermé, cuisine, living, canapé, bureau, jamais de profondeur de champ, jamais de gratuité heureuse. Difficile d'être plus inspiré dans la vulgarité réaliste (la série, bien entendu, est réalisée par des femmes). Être ensemble ! Jamais seuls ! Tempêtes dans un verre d'eau ! Loulou ! Chouchou !

Que fait maintenant ce type, devant une table et dans un fauteuil, sous un cèdre ? Rien. Il dort ? Non, il pense. Comment filmer la pensée ? Il faudrait qu'il parle, mais il se tait. Ça va durer longtemps ? Vingt minutes. Vingt minutes *pour rien*, vous n'y pensez pas ! Alors, disons une bonne heure. Vous êtes fou ! Et là, qu'est-ce qu'il fait ? Il écrit à la main, au stylo, à l'encre, sur un cahier. Il s'interrompt un moment, fume une cigarette, va boire un verre d'eau. Et puis quoi ? Rien. On peut lire par-dessus son épaule ? Non, ça le dérangerait. Tout de même, un zoom sur la phrase qu'il vient d'écrire : « Le silence de ces espaces infinis me rassure. » Et vous voulez qu'on dépense de la pellicule pour ce plan ? Combien de temps ? Deux ou trois heures. Au fou ! Au fou ! Comment s'appelle son manuscrit ? *Histoire de ma vie.* Le nom du type ? Casanova. Je l'ai vu dans un film ! Il n'écrivait pas ! Justement, il faut corriger son image. Un film muet, maintenant ? Ah oui, la barbe avec le parlant ! Mais les effets spéciaux, le virtuel, la violence, l'érotisme, le fantastique ? C'est dépassé, je veux du muet tranquille. Mais le lieu ? Un petit château rose, en Bohême. On pourra filmer le château ? Non, finalement, tout se passe à Paris, dans un cinquième étage, au midi. Deux heures, et seulement un type qui écrit ? L'avenir, mes enfants, un film culte !

Je suis fou, et Lucie est folle. Le fou a trouvé sa folle, la folle son fou. On pourrait fonder une radio libre, sur le modèle de Radio-Londres en 1940. « Ici la rue du Bac à Paris. Un Français parle à une Française, une Française parle à un Français. » Et maintenant, voici quelques messages personnels : « Casanova a un bon prix, je répète : Casanova a un bon prix. » « L'Égypte garde ses mystères, je répète, l'Égypte garde ses mystères. » « Les Chinois sont arrivés à Bordeaux, je répète, les Chinois sont arrivés à Bordeaux. » « Céline s'est mis au champagne, je répète, Céline s'est mis au champagne. » « Le Balcon de Manet n'est pas à vendre, l'Olympia vous salue bien, n'oubliez pas de déjeuner sur l'herbe. » « Sainte Lucie n'a pas froid aux yeux, je répète, sainte Lucie n'a pas froid aux yeux. » « Le vieux Bach rajeunit tous les jours, je répète, le vieux Bach rajeunit tous les jours. » « Le Temps est réellement retrouvé, je répète, le Temps est réellement retrouvé. » Et ainsi de suite.

Bommier ne me fait plus signe depuis longtemps. Dommage, ses fous rires me manquent. Il faut dire qu'il a déclenché une telle affaire d'État avec son archimilliardaire qu'il doit se méfier de tout, être sur écoutes, perquisitionné, épié, suivi. Bien entendu, cette affaire sera effacée un jour, après un tsunami médiatique.

S'il m'avait rencontré à cette époque, il n'aurait pensé qu'à ne pas révéler ce qu'il sait, la conversation serait tombée d'elle-même. Un milliard d'euros, lourd silence. Hôtels particuliers, toiles de maîtres, propriété dans le Midi, assurances-vie, une île dans les Seychelles… Le grand jeu *innocent*, aux innocents les mains pleines. Tout cela n'a jamais compté pour lui, c'est un enfant battu qui se venge et séduit.

Nicolas Milstein, lui, m'invite à déjeuner, et j'en conclus qu'il doit publier un livre. Il a préparé son numéro. À quoi bon remuer la finance et la politique, ce qui traîne partout dans l'information ? Non, il veut me persuader que, tous les étés, il relit intégralement la *Recher-*

che du temps perdu et les *Mémoires d'outre-tombe*. Je n'en doute pas, j'applaudis. Quelques apparitions furtives du Président dans son discours, juste pour me rappeler *d'où* il me parle. Mais la littérature est bien le seul sujet important, n'est-ce pas ? Comment donc ! Il est content de son message, et je crois qu'il sera satisfait de le retrouver ici.

Bommier, qui écrit de mauvais romans, ne pourra pas écrire celui qu'il a vécu et qu'il vit. Milstein ne pourra pas non plus écrire le temps qu'il a perdu et pourquoi l'argent n'est pas d'outre-tombe. Son père, centenaire, a été, jusqu'au bout, un communiste sincère de stricte observance. De Marx à Beckett, le saut semblait impossible : Nicolas l'a fait, l'Éternel soit loué. Lui aussi est un enfant innocent, comme le Président lui-même. Ce sont tous des enfants grimaçants perdus. Nicolas, courtois, me demande ce que je vais lire cet été. Je le lui dis : une biographie de Manet. Il se tait. C'est le moment de se séparer.

Les premiers mots que je chuchote à Lucie lorsqu'on se retrouve, rideaux fermés, après l'avoir embrassée et avant qu'elle se déshabille, sont : « Désennuyons-nous. » Je lui dis *vous* dans la conversation, et *tu* pendant la séance. On change de corps entre le *tu* et le *vous*, la voix du *tu* n'est pas celle du *vous*. Les fantasmes réalisés sont en *tu*, les raisonnements en *vous*. Ordre nécessaire : le basculement du *vous* au *tu* est gênant, le contraire soulage. Une fois désennuyés, la conversation est plus libre, légère. On fait l'amour en *tu*, on se parle normalement en *vous*. *Sol* mineur, *ré* majeur. Trois quarts d'heure en *tu*, une heure et demie en *vous*.

Un ou une psychanalyste classique fait une séance de trois quarts d'heure, à l'opposé du vieux puritain Lacan qui, souvent, bâclait la chose en dix minutes. Le psy s'endort plus ou moins en écoutant ses patients, les patients payent (en liquide, c'est mieux), et ils repartent s'ennuyer dans la société, avant de revenir ennuyer leur analyste. Je fais donc le contraire : je désennuie une femme adorable, c'est gratuit (sauf le loyer du studio). Elle repart avec un courage nouveau pour affronter l'ennui, elle a ri, donc c'est réussi. « Au Bac, vendredi ? » Si ça ne va pas, elle me téléphone. La semaine suivante, alors, même heure.

Jamais, dans un pays de plus en plus inculte, on n'a autant parlé de « culture ». Le remplissage des journaux et des magazines ne le cède en rien à l'animation culturelle constante. Théâtre, expositions, concerts, colloques, lectures à haute voix, projections de cinéma, commémorations, anniversaires. J'apprends, chaque mois, que je suis prévu, ici ou là, pour une performance ou une table ronde. Je pourrais passer mon temps, en train ou en avion, pour des destinations variées. Une fois votre nom archivé, vous recevez tous les programmes, qui viennent s'ajouter à la surproduction de livres qui n'auraient jamais dû exister. Seule explication : l'argent a horreur du vide, et s'emploie, à plein régime, à dissimuler un vide hurlant. Les galeries d'art et les vernissages pullulent, les concerts explosent, les biennales et les festivals ne se sont jamais aussi bien portés. La misère s'accroît ? L'activité culturelle augmente. Tous les professionnels vous le diront : pour le moindre petit truc organisé dans un coin, *il y a un monde fou.*

Raisonnons froidement : le moment viendra où chacun et chacune aura besoin de réapprendre des choses très simples, l'histoire, la géographie, le chant, le dessin, l'algèbre, la géométrie. La bonne littérature, la pensée auront un prestige considérable. Un lecteur pénétrant sera considéré comme un saint. La Nature sera naturelle, son caractère divin apparaîtra dans toutes ses couleurs. Les fleuves étonneront de nouveau, les fleurs aussi, l'océan, les montagnes, les acacias, les cèdres. Le moindre caillou aura un air spirituel. L'énorme chute des crânes humains dans le néant, sensible à chaque seconde, réveillera les plus endormis. Ce ne sera pas Dieu, mais tout comme, pas non plus l'Apocalypse, mais une fantastique éclaircie. Les spécialistes du noir seront à la fête, des milliers d'années d'horreurs et d'absurdités seront brusquement *lavées.* La mémoire restera d'une précision épouvantable, mais s'inclinera, en extase, devant la moindre lueur. Ce qui se concevra bien se dira clairement, et les mots, pour le dire, arriveront aisément. Les jeunes filles, au lieu d'être insupportables, seront réservées, délicates, pudiques, gracieuses, prévenantes. Les femmes s'épanouiront sans soucis. Les hommes en prendront acte, et se réformeront sur-le-champ. Les savants seront enthousiastes, et les romanciers, enfin, peindront tout en beau. Personne n'achètera plus les best-sellers au bonheur falsifié, ni les récits collés au malheur. Le cinéma lui-même sera produit en fonction de cette nouvelle ère de déferlement gratuit. Un plan intense et répété d'orange suspendue à hauteur du regard étonnera les foules. Cézanne définira l'évidence, et Manet ce qu'il faut faire avec.

Tout cela en français, bien sûr, à la grande joie des Chinois imbibés de grands crus. De Lascaux aux grottes de Long Men, un frisson servira de signal. Je ne dis pas qu'il n'y aura plus de tremblements de terre et de raz-de-marée, mais la *peau* de la terre, la *peau* des océans se fera sentir. Une femme aimée aura cette peau, elle la découvrira avec qui lui plaira. On dira « une Lucie », comme on a dit « une Nouvelle Héloïse », en mesurant l'étendue des progrès accomplis. Impossible de trouver ce genre d'héroïne dans les romans actuels et déjà d'autrefois, français effondrés, anglo-saxons poussifs. Nul besoin de violences ou de drogues, tout a l'air normal, et pourtant rien ne l'est. Cette jolie jeune femme brune en train de garer sa petite Austin noire rue de l'Université donne-t-elle l'impression d'avoir un rendez-vous spécial rue du Bac ? Elle est pressée, c'est vrai, elle aime arriver à l'heure.

Aucun doute, Lucie, au Moyen Âge, aurait vite été repérée et brûlée comme sorcière. Aujourd'hui, elle a les moyens de passer inaperçue, pas de photos, pas de confidences, l'aisance et la discrétion mêmes. Le Dieu social et son Diable sont très occupés, leur imagination est bornée, ils n'ont que faire de cette histoire d'amour à dormir debout. Elle ne peut pas exister, le fisc, la police et la presse people n'ont pas à sévir. Pour ces fonctionnaires, un acte d'écrivain n'est rien. Pas d'images, donc rien.

Je vois vivre mes contemporains, et même mes anciens amis radicaux : ils sont tassés, résignés, sous contrôle. La Société les a eus, ce sont des employés du temps, ils vieillissent sans phrases, et, parmi eux, les jeunes paraissent encore plus vieux que les vieux. Ils lisent à peine les journaux, redoutent la bibliothèque, regardent beaucoup la télévision, rient trop fort, ou sont carrément maussades. « Ils ont honte, me dit quelqu'un. — Mais de quoi ? — De tout, de n'importe quoi, d'être français, surtout. — Honte du pays qui a engendré Manet ? Vous plaisantez ? »

Manet a 31 ans lorsqu'il peint coup sur coup *Le Déjeuner sur l'herbe* et l'*Olympia*, 37 ans au moment du *Balcon*. Cette jeunesse est stupéfiante, et la plus grande partie du scandale vient de là. Les deux femmes qui jouent dans la situation des couleurs, Victorine Meurent et Berthe Morisot, seront suivies de bien d'autres, mais qu'elles aient accepté d'être à ce point discernées et captées par Manet reste une énigme. Qui es-tu, toi, pour être plus moi que moi ?

On sait finalement assez peu de choses de Manet : sa richesse, son élégance, sa désinvolture ne font qu'obscurcir son cas. Ce qui est sûr, c'est qu'avec lui une éclaircie sans précédent anime le temps et l'espace. Il la maintient jusqu'au bout, et ses femmes sont les plus exceptionnelles de l'histoire de la peinture. Elles montent en puissance avec le temps, ce sont les plus libres et les plus gratuites de tous les temps.

Vieux camarades, nouveaux jeunes vieux, vous avez raison d'avoir honte. Vous n'êtes pas à la mesure de Victorine, de Berthe, de Nana, de Suzon, de Méry Laurent. Vous ne traversez pas vos mères, vos sœurs, vos femmes, vos filles, vos nièces. La Nature se dérobe à vous, la Contre-Nature vous détruit. Vous n'avez pas de Lucie.

Et moi aussi, après tout, je suis peintre ! Si vous croyez que cette lame de lumière, là, à l'instant, sur le coin de mon bras, m'échappe, vous vous aveuglez sur mon sort.

Si vous vous imaginez que je n'ai pas en tête au moins cent portraits, proches ou distanciés, de Lucie, vous ne lisez pas ce livre. Je repense à une expression spontanée d'Anne, au téléphone, quand elle a rencontré la grosse éthylique et possédée Olga Maillard, alors papesse de l'édition française, dont tout le monde avait peur, sauf moi : « Mais c'est une barbouillée ! » *Barbouillée*, mot juste pour la mauvaise peinture. Celle de Bommier, par exemple, qui, autre faute de goût, vient de déclarer dans un magazine qu'il trouve « colossale » l'œuvre littéraire d'une écrivaine confuse. Tous les barbouillés se ressemblent, qu'ils soient milliardaires, pseudo-artistes, banquiers, commerciaux, ou publicitaires de tous bords. « Barbouillez-moi ça », dit le ministre, pour noyer un poisson toxique. « J'achète tous vos barbouillages », dit la vieille milliardaire cosmétique au fils qu'elle n'a pas eu, et qu'elle veut croire génial. « J'adore votre barbouillage », dit l'éditeur, le regard vissé sur les ventes.

On ne sort pas du barbouillage comme ça ; il y faut des prédispositions génétiques. Toute son époque, ou presque, se pâmait devant des chromos, et injuriait Manet. Mallarmé, son ami, a obtenu de lui un portrait célèbre. Il allait le voir, en fin d'après-midi, dans son atelier près de Saint-Lazare. Ils bavardaient. Mallarmé dit que Manet se précipitait le matin avec furie sur ses toiles, « comme si jamais il n'avait peint ». Notation capitale : on n'a jamais rien écrit, rien peint, rien composé, l'acte spontané est du présent pur, toujours nouveau, sans passé. Manet, sur les boulevards, au café, aimait aborder les femmes, leur parler, les faire rire, les emmener parfois dans son atelier. Il était envié pour cela. Au fond, sur ce point précis, ni Baudelaire ni Mallarmé ne l'ont compris. Baudelaire est encore romantique, Mallarmé timide. Ils cherchent une profondeur, quand Manet montre une évidence sortant du noir, une éclatante lumière.

Le soir, après l'atelier, il rentre tranquillement chez lui pour dîner avec sa femme, Suzanne. C'est une musicienne hollandaise qui a été son professeur de piano (il avait 20 ans, elle 22). Elle l'attend, en bleu sur un canapé bleu, ou bien elle est déjà au clavier en train de jouer, et il lui demande de reprendre pour lui une sonate de Haydn. On comprend pourquoi : vitesse, rebonds, percussion, langage des oiseaux, interruptions à pic, ça va partout et nulle part, liberté. Suzanne l'aime, pas de mauvaise humeur, pas de jalousie, pas de reproches, une vraie solidarité. À Venise, il loue une barge et y installe un piano pour qu'elle puisse jouer, la nuit, sur la lagune. Du Haydn sur l'eau, pas du Wagner, plaie de son époque. Suzanne ira quand même jouer un peu de Wagner à Baudelaire, dans la chambre de la maison de santé où il végète, après son attaque en Belgique. Ça lui fait du bien.

Baudelaire aime bien Manet, mais ne le *voit* pas. Répondant à ses plaintes devant les injures qu'il reçoit, il lui écrit qu'il n'est que « le premier dans la décrépitude de son art ». Erreur profonde : Manet est le premier dans la renaissance de l'art. Ni académique, ni romantique, ni impressionniste, ni moderniste. Une grande santé, aucun embarras « sexuel » : le grand art tout court, comme Titien, Vélasquez, Watteau, Fragonard. Il faut dire que le portrait de Jeanne Duval, la maîtresse de Baudelaire, par Manet est terrible : visage ravagé dans un grand cercueil blanc de robe. Quant à Monet, le portrait qu'en fait Manet dans son bateau-atelier avec sa femme est ambigu : un peintre de plein air, c'est tout. Plus net : dans une autre version, le visage de Monet est défiguré. Sympathique, ce Monet, mais, dans ses tableaux, il n'y a personne. Des silhouettes, avalées par de magnifiques paysages, oui, mais aucun *regard*.

Baudelaire ne voit pas l'*Olympia*, son affirmation froide, son insolence. Il ne voit pas non plus le révolutionnaire *Déjeuner sur l'herbe*, et c'était fatal. Mais qui pouvait être d'accord, à l'époque, avec ce terrorisme éclairé, ces libres-penseurs ou ces dieux nouveaux se montrant soudain pour contredire la décadence ? L'*Olympia* ? Portrait d'une anarchiste aristocratique. *Le Déjeuner* ? Apparition inattendue de l'Olympe. Une femme nue vous dévisage, deux hommes habillés, une baigneuse lointaine, retour des dieux en plein *aujourd'hui*. C'est d'une telle beauté que les bourgeois et les petits-bourgeois sont épouvantés. De nos jours, noyés dans la classe moyenne universelle, ils se tiennent apparemment tranquilles, mais n'en pensent pas moins. Regardez-les en train de ne pas voir Manet. Ils défilent devant les tableaux, ils se bousculent, ils sont gênés, ils sont égarés.

Le studio de la rue du Bac ouvre sur les toits. J'ai une longue intimité avec les toits de Paris, le zinc à perte de vue, les chambres d'étudiant, autrefois, dans les combles. Je connais toutes les nuances de ce gris, du clair au noir, les cheminées, les antennes, les corneilles, les pigeons plus ou moins disparus. Et surtout, je revois Anne, envoyée par mes parents, pour inspecter la situation. Ça l'ennuie, elle est tendue, fermée, triste. Elle m'apporte quand même de l'argent liquide dans une enveloppe kraft qu'elle pose sur la table de ma chambre encombrée de livres. C'est mon argent de survie. Là, j'ai 18 ans, elle 24, elle va se marier dans deux mois, « tu seras là, n'est-ce pas ? ». Elle jette un coup d'œil sévère sur ma chambre en désordre, ouvre un instant *Par-delà le bien et le mal*, le repose, me demande si je suis content du quartier, mais oui, puisque le jardin du Luxembourg est juste à côté.

On sort, on va déjeuner à la brasserie du coin, on évite autant que possible les clichés familiaux, par conséquent on n'a rien à se dire. Son voyage de noces, avec l'avocat, est prévu en Grèce. Des banalités, le deuil de l'enfance qui n'est pas encore conscient d'être un deuil.

Je suis bien obligé de penser à elle assez souvent, et même de rêver d'elle, à cause de sa ressemblance avec Lucie. Comme j'aimerais la retrouver maintenant, ma petite sœur, la faire parler, l'écouter de près, lui poser des questions précises, essayer de la dénouer, de percer son mystère d'ironie et de mélancolie. Il a dû se passer quelque chose très tôt, avant ma naissance, qui, de toute façon, a sûrement été une souffrance pour elle. Une fille, bon, mais enfin, un *garçon* ! J'essaierais d'expliquer à son féminisme de plus en plus âpre et buté qu'on ne naît pas homme, qu'on le devient, en échappant, par mille ruses, à ce qu'ils (ou elles) entendent par là. Peine perdue, puisqu'elle a deviné d'emblée que je n'avais pas l'intention de me priver de femmes. Est-ce qu'on serait devenus plus intimes si j'avais été homosexuel ? Sans doute. Elle sent très bien que j'ai d'autres aventures en tête.

Elle mange sa salade composée, moi mes œufs sur le plat. C'est un beau mois de mai, je vis très isolé à Paris, elle va rentrer à Bordeaux après avoir vu une de ses amies. Son rapport d'inspection sera bref : il va bien, il a l'air calme, il lit beaucoup, je n'ai pas l'impression qu'il boit (là, elle se trompe). Une fille ? Il ne m'a rien dit, ça m'étonnerait. Des amis à l'Université ? Probable. Sa chambre est minimale, elle donne joliment sur les toits. Il mange le plus souvent au restaurant universitaire, pas trop loin. Le service militaire ? Il a bien l'intention de s'y soustraire. Ses convictions ? Il est de plus athée, mais ça c'est pas grave. Anarchiste ? Je crois, il ne parle jamais d'avenir. Que fera-t-il plus tard ? Silence. J'ai aperçu des cahiers pleins de griffonnages. Écrire ? ça doit être ça.

Ma petite sœur soucieuse, déjà emportée dans son mariage, son contrat d'enfants. J'aurais dû lui avouer, ce jour-là, que je la trouvais en pleine forme, vivante, *belle*. Elle aurait un peu rougi, j'en suis sûr. Je le lui ai chuchoté plus tard, quand on a failli basculer, un soir, à Venise. Deux enfants qui font l'amour après avoir grandi ? Pourquoi pas ? Elle embrasse très bien, c'est tout ce que je peux dire. Est-ce que je pense à elle en embrassant Lucie ? Oui, et je le lui ai dit. Ça la fait rire, d'un très curieux rire.

Vous avez failli coucher avec votre sœur ? Mais oui, *failli*. Cette distance est sans mesure, préférable à un acte plus ou moins raté, sur fond de malédiction mythique. Dieu sait qu'on n'est religieux ni l'un ni l'autre, mais le poids des préjugés entassés dans cette dimension est quand même un Himalaya. En réalité, je crois qu'elle l'aurait mieux supporté que moi (6 ans de plus, ça compte). Elle avait confiance en moi, mais pas moi. Jolis yeux, jolies dents, joli sourire, joli nez, joli front, jolies oreilles, jolie bouche, jolie voix. Un ponton, des mâts de bateaux, la nuit, des amants de passage, mais non, retour à nos chambres d'hôtel, bonne nuit chérie.

La préférence de Manet pour Haydn est attestée par une mondaine de l'époque, qui écrit à Baudelaire, alors en Belgique, qu'on l'attend à Paris pour lui jouer du Wagner. C'est le temps de la vogue wagnérienne, qui a même sa revue à succès. Manet rentre chez lui, entend Suzanne interpréter du Schumann, et il lui crie : « Non, Suzanne, s'il te plaît, du Haydn ! » Elle sait quelles sonates l'enchantent, celles qui sont pour lui un encouragement pour ses pinceaux. Énergie et délicatesse, ivresse de la raison, noir clair. Les bougies sont allumées, il y a un feu de cheminée et une carafe de vin sur la table, c'est la fête. C'est le moment où Manet, comme tous les soirs, scandalise un peu son épouse. « À bas Schumann ! À bas Wagner ! — Édouard, tu exagères ! Baudelaire aime beaucoup Wagner. — Décrépitude ! — Mais c'est la mode, Édouard ! Tu auras l'air réactionnaire avec ton Haydn ! — Reprends ! Reprends ! La cinquante-deuxième ! — Mais je te l'ai déjà jouée vingt fois ! — Reprends ! Tu joueras du Schumann ou du Wagner plus tard, quand je ne serai pas là, pour tes amis décadents ! — Oh, Édouard ! »

Édouard est charmant, brillant, attentif, courtois, mais n'est pas commode. Ses flèches partent vite, et atteignent de loin. Comme tous les hommes qui ont été beaucoup niés, censurés, insultés, moqués par des imbéciles (« les fanfaronnades de M. Manet »), il juge, devine, se cache en plein jour, préserve farouchement son indépendance, n'a pas du tout envie d'être « d'avant-garde », « moderne » ou « maudit ». Il aime bien ses amis impressionnistes, sans plus. Ce Cézanne qu'il admire sincèrement, il n'oublie pas que, dans un bond d'amour exagéré, il a voulu s'introduire dans l'*Olympia*, en en donnant une version « moderne », effervescente et brouillonne. Cézanne est très bon dans les paysages et les natures mortes, mais ses femmes figées, et qui n'en sont pas, laissent à désirer. Il a peur de se laisser toucher, alors que Manet a beaucoup touché et été touché. Les modèles de Manet le remercient, c'est clair, il n'a pas à payer. Il sait ce qu'elles savent, comment elles dissimulent leur science et leur implacable gaieté. Ses contemporains n'aiment pas la santé du vide, il l'adore. Il n'explique rien, ne se plaint de rien (sauf d'être traîné dans la boue), il peint. C'est son côté « anglais », alors qu'il est le plus français des Français. Regardez cet éventail et ce bouquet de violettes. Regardez cette *asperge*, surtout.

Manet a peint un certain nombre de portraits d'hommes, mais trois attirent particulièrement l'attention. Celui de Zola, d'abord, le supporter de la première heure, le défenseur de l'*Olympia* contre la horde des crétins nationaux, le courageux qui va rester courageux (affaire Dreyfus), mais renier de plus en plus durement ses goûts d'autrefois. Manet ne verra pas cette évolution naturaliste désastreuse et la tentative de meurtre de Zola sur Cézanne. Pour l'instant, il se célèbre en lui, reproduction de l'*Olympia* dans le tableau, inscription de son nom, MANET, en capitales. C'est un autoportrait dans une nouvelle ère souhaitée, une sorte de *J'accuse* prolongé par *Nana* (mais la Nana de Manet est introuvable chez Zola).

Le deuxième portrait d'homme est celui de Clemenceau (que Clemenceau n'aimait pas), la conscience de la République, petit, condensé, noirâtre, une sorte de taxi funèbre ou de tank futur, un exécuteur des hautes œuvres, « le Tigre », le sauveur. On ne discerne pas, dans ce tuyau de poêle inspiré sombre, ce qui poussera Clemenceau dans les bras du printanier Monet, mais c'est lui qui, en 1917, fait transporter l'*Olympia* au Louvre, en *fiacre*, depuis le musée du Luxembourg, où le tableau était exilé. Supprimez l'époque, ses bonheurs comme ses mensonges, l'incroyable boucherie de 1914-1918, Manet reste et revient. Le 20e siècle veut l'effacer (sauf Picasso) ? Il revient, il reste.

Le troisième portrait, le plus beau, le plus intense, est celui de Mallarmé. Assis, incliné sur sa droite, cigare à la main, aile de la pensée glissant sur ce petit homme, comme un éventail invisible ou un coup de dés. Mallarmé est là, et *il passe.* Le tableau, vif et bleuté, tourne la page. C'est lui le témoin, un peu engoncé, le héros furtif, pour qui Manet est un faune. Manet a connu Baudelaire et Mallarmé, mais il aurait pu rencontrer à Paris Lautréamont et Rimbaud. Ils sont strictement contemporains, et personne n'a l'air d'y penser. Hugo n'est pas dans le coup, il aura des obsèques nationales. Une illumination de Rimbaud ? Manet, ses pivoines. Les surréalistes ne parlent jamais de Manet. Ils ont tort.

Manet est mort en 1883, cinq ans avant la proclamation, par Nietzsche, d'un nouveau calendrier, celui de « l'ère du Salut ». Nul doute que Nietzsche aurait eu la plus grande sympathie pour Manet. Quand tout est à nouveau fermé, corrompu, glauque, régressif, opaque, l'éclaircie, c'est lui. « Dans la nouvelle science, chaque chose vient à son tour, telle est son excellence. »

Léger, léger, perçant, spontané : pas de lourdeur genre « Origine du monde » ou « Demoiselles du bord de Seine ». Courbet, c'est bien, mais ce n'est pas le bon noir, sa vulgarité sexuelle le montre, et *Le Sommeil,* tant vanté, n'est que du kitsch lesbien, académisme à l'envers. La révolution n'est pas l'abattage de la colonne Vendôme, ce piteux phallus. Non, c'est encore et toujours l'*Olympia*, blasphème suprême. À quoi bon, aussi, *La Montagne Sainte-Victoire* ? C'est splendide, soit, mais Victorine, sur un canapé, suffit. Un Américain intelligent (ça arrive) a comparé Warhol à Manet (le « dandysme », etc.). Pas mal, mais très loin du but.

Posons la question autrement : est-ce qu'une vieille archimilliardaire dans les cosmétiques aurait couvert d'argent le charmant Bommier s'il n'avait pas été homosexuel ? Bien sûr que non. Vous la voyez tolérant que son amuseur-artiste adoré emmène avec lui des *femmes* dans son île des Seychelles ? Qu'il en reçoive des jeunes et fraîches dans son atelier ? Vous l'imaginez sponsorisant l'*Olympia* et *Le Déjeuner sur l'herbe* que son père abhorrait ? Dans l'affaire *L'Oréal*, point d'orgue des temps passés, vous avez tous les ingrédients de la pénible Histoire française : un père d'extrême droite et antisémite, une fille vouée à son père, des tonnes d'argent, des hommes politiques arrosés, un Président de droite amenant la gauche au pouvoir, un jeune homme autrefois très beau et spécialiste du *rapprochement*, une petite-fille frustrée, mariée à un Juif d'affaires, qui écrit des feuilletons sur la Bible (rédemption du grand-père) : il ne manque plus qu'Obama et Poutine pour servir les cocktails. Le problème est simple : il faut absolument que *L'Oréal* reste *français*. Encore un petit problème pour la République.

Ce scandale, comme tant d'autres, sera vite oublié. L'argent est la plus dure des drogues d'oubli, demandez à tous les figurants des endroits *branchés*, albums, films, publicité, communautés rapidement noyés dans la masse. La mort se charge de tout, c'est l'apothéose de l'évasion fiscale. Mais comme l'amour, quoi qu'on dise par dépit, est aussi fort que la mort, des systèmes nerveux se formeront à l'écart, se rencontreront malgré les obstacles. Ne cherchez pas : c'est ce que Manet a voulu dire, et il l'a dit. Tourne, opéra des Folies-Bergère, je suis au bar, et personne ne me voit. Suzon, la merveilleuse serveuse, en a vu bien d'autres. Impassible, elle sait qu'elle est à bord d'un naufrage, on est sur le *Titanic*.

Suzon est venue poser dans l'atelier de Manet pour ce grand chef-d'œuvre de la fin de sa vie. Table préparée, bouteilles de champagne, mise en scène. Elle se tient bien droite devant ce monsieur qu'elle doit trouver fou. Elle s'attend à des avances, pourquoi pas, c'est encore un bel homme, mais non, rien, au point qu'elle se demande pourquoi elle ne lui plaît pas, d'autant plus que les séances de pose sont interminables. Mais si, au contraire, *tu lui plais* comme tu es, grande godiche, c'est toi l'absence de mémoire, de foule, de bruit, de reflets, toi la grande déesse du temps chez les morts-vivants. Tu es la déesse du rien de ce monde, comme le *Gilles* de Watteau était l'innocent de ce rien. Ecce homo, Ecce femina. Indifférence divine. C'était comme ça, c'est comme ça, ce sera toujours comme ça. On peut crucifier un type dans un coin, ce n'est pas ce détail qui perturbera la Banque.

On préfère oublier que Manet a peint un *Christ mort*, bizarrement assis, les yeux ouverts, entouré de deux anges. Ce tableau a choqué Courbet (des anges, des ailes, qu'est-ce que c'est que ça ?), et tous les laïcards de l'époque. Manet a insisté avec un *Christ aux outrages*, et on comprend pourquoi, puisqu'il était constamment insulté. C'est un autoportrait. Mettez *Le Christ mort* à côté de l'*Olympia*, et vous m'en direz des nouvelles. Au fond, il y a toujours eu quelque chose qui ne *plaisait* pas chez Manet : sa physique, sa métaphysique. Il est clair qu'il faisait ce qui lui plaisait, et qu'il devait être parfois le premier surpris du résultat. Il est dans l'inattendu, le sien, pas celui des autres. Si je veux être un Christ mort, je m'assois, et voilà. Même topo pour un torero mort, allongé par terre, et peut-être encorné par Victorine en torera. Ou par Lola de Valence. Ou par Morisot, qui assiste, depuis son balcon, à une corrida. Ou par Méry Laurent, en promenade sur le Golgotha. Ou par Jeanne Duval, ce pauvre, et mystique à son insu, oiseau malade.

On peut être sûr que Manet n'aurait pas suivi son ami idéaliste Mallarmé dans ses recherches ultimes aux confins du silence. Il n'y a pas pour lui de « circonstances éternelles », et le naufrage du *Bar* n'a rien de tragique, une vaporisation tout au plus. Un coup de dés n'abolit pas le hasard, mais un coup de pinceau le peut. Pas non plus d'« altitude peut-être » ou de « constellation ». L'éternel retour a chaque fois un nom : lilas, roses, œillets, pivoines, huîtres, citron, poisson, jambon, cette femme-là, pas une autre. Mallarmé était amoureux de Méry Laurent, qui ne l'aimait pas. Elle préférait Manet, qui la comprenait sans mots, à la palette. Manet aurait ri des embarras de Proust avec Albertine. Jaloux, lui ? Mais de qui ? De quoi ?

On ne le voit pas non plus, avec le temps, enlisé dans l'angoisse ou l'extase à la Bataille, encore moins dans la nausée. Son expérience intérieure est un couteau, pas une perte de temps dans l'ivresse. Madame Edwarda, au bordel, le laisse froid. Se reconnaît-il dans le *Prélude à l'après-midi d'un faune* et les nymphes de Mallarmé ? Le poème lui est intimement dédié, il le sait, mais les nymphes ne sont pas son problème, pas plus que les nymphéas, et la musique de Debussy lui paraît un peu molle. À bas Wagner, d'accord (comme Nietzsche a raison !), mais à quoi bon diluer Haydn ? En peinture, Picasso est bien le seul, mais il fait parfois du bruit. L'art contemporain ? La grande poubelle qui s'exhibe à la Dogana de Venise ? Là, plus rien à dire, bonsoir et bateau.

Lucie n'a que mépris pour le micmac culturel, la pauvre archimilliardaire et ses fantaisies, la décomposition de la République, les petits jeux politiques, les débats foireux sur la laïcité, l'Islam, les femmes voilées, les expériences génétiques, les blogs, le bavardage incessant du Net (dont elle se sert, souvent, avec précision). Elle marche, depuis toujours, à l'instinct, au goût, elle fait passer son plaisir avant tout. Son plaisir ? Son fils, sa revue luxueuse d'archéologie, ses achats divers (« l'Histoire au bout des doigts »), quelques amis sûrs dans cette dimension (surtout anglais), et, d'après ce que je crois comprendre, moi.

Évitez les discussions sur l'art, munissez-vous d'un jeu de cartes avec des reproductions de toiles de Manet. Abattez, de temps en temps, un atout : *Le Fifre* ou *La Blonde aux seins nus*, par exemple.

Ou encore *L'Exécution de Maximilien*, qui déstabilise à la fois les admirateurs de Goya, les dévots de la Commune, et l'armée dans son ensemble. C'est la première fois qu'on peint un silence de mort. La mort, maintenant, est à bout portant, elle *s'administre*, elle est humainement mécanique, sourde, muette, et le soldat qui, un peu en retrait, recharge son fusil n'exprime rien d'autre que son geste automatique. Même froideur, plus forte que toute indignation, pour décrire les communards fusillés dans la rue. La révolte de Manet est ici totale. On sait qu'il a été très déprimé après la Semaine sanglante. Où s'est-il réfugié ? À Bordeaux. Du calme : il peint le port.

Parmi un tas de vieilles photos où j'ai trouvé ma présence d'enfant sous un cèdre, je vois Anne un peu partout, sur des plages, sur un vélo, sur le cours de l'Intendance avec moi (photographe de rue), très détendue, rieuse. La voici maintenant avec ses enfants, brève période épanouie, et plus tard au Pyla, sur le bassin d'Arcachon, en bateau, ou encore dans sa petite Ford décapotable. J'avais oublié qu'elle a fumé pendant longtemps des *Players*, le paquet rouge et blanc est posé sur le siège. La voici encore avec moi, au tennis des Abatilles, posant avec sa raquette, et puis à déjeuner, dehors, sous un parasol bleu (elle est ravissante, là, qui a pris la photo ?). Oui, c'est bien elle tirant à l'entraînement, carabine levée vers le ciel, et puis à cheval, l'air carrément maussade, et puis dans une chaise longue vert clair au soleil, dans le jardin, près du magnolia, faisant semblant de dormir (cette photo-là est de moi).

Elle a donc beaucoup été là sans que je la voie vraiment, rideau des familles. Si je superpose l'image de Lucie à la sienne, tout devient clair et troublant. Les quelques photos d'elle que m'a montrées Lucie sont très différentes (l'époque a changé), mais aussi les mêmes, en plus riches. À part l'une d'elles, au Pyla, elle est le plus souvent à New York, à Londres, au Caire, à Venise. Qui prenait ces photos ? L'ancien mari, un amant, une amie ? Dans toutes ces images, Lucie est très gaie.

Manet savait tout peindre, et il l'a montré. À Washington, une exposition s'est appelée « Manet and the Sea », et va pour les plages, les bateaux, les barques, les splendides tableaux de Venise, Suzanne habillée au bord de l'eau en train de lire, le port de Boulogne, l'évasion de Rochefort, etc. Pas de baigneuses, jamais, sauf celle qui se situe au fond du *Déjeuner sur l'herbe*, mais elle est moins nue que Victorine, au premier plan, dont la nudité n'a aucune raison d'être. Les peintres ont fait des baigneuses pour exhiber du nu, Manet fait le contraire. Le nu est devenu de plus en plus difficile à peindre (il y en a trop sur les plages et des tonnes en publicité). Les baigneuses vieillissent. Là encore, Manet prévient : ses femmes ne vieillissent pas, il ne vieillit pas. La morsure du négatif les protège.

Rien d'idyllique chez Manet, rien de morbide non plus. La mort est claire, l'amour précis. Écoutez une sonate de Haydn, au bord de l'océan, très tôt, quand les oiseaux s'envolent dans le ciel rouge. « Du Haydn,

Suzanne ! Du Haydn ! — Enfin, Édouard, pourquoi en reviens-tu toujours à Haydn ? Il y a d'autres musiques, quand même ! — Je ne sais pas, Suzanne ! Je ne sais pas ! Du Haydn ! Du Haydn ! »

Je feuillette la revue d'archéologie de Lucie, publiée en anglais. J'apprends bien des choses sur l'Égypte ancienne, les fouilles chinoises, grecques, indiennes, mexicaines, africaines, les hypothèses les plus récentes sur l'âge de notre espèce ou l'histoire des monnaies. Les illustrations sont superbes, les couleurs des tombeaux, rouges, bleues, jaunes, sont criantes de vie, et jamais les momies n'ont eu si bonne mine. Les hiéroglyphes et les idéogrammes vont me parler en rêve.

Lucie membre d'une société secrète, genre Grande Loge féminine de France ? Ça se devine, ça ne se dit pas. Sauf qu'elle est venue m'écouter, un soir, dans une tenue blanche fermée ouverte à un profane, au Grand Orient, à Paris. De quoi étais-je invité à parler ? De Casanova. Il y avait du monde, je ne l'ai pas remarquée. Mais enfin, tout plaide dans ce sens : le goût du secret et du rituel, la maîtrise de soi, l'inquiétude surmontée et la sérénité, l'amour des Lumières, la générosité, la lucidité. Elle aurait fait une religieuse exceptionnelle, mais la connaissance l'appelle. Elle me rencontre sur son chemin, ce petit Lucifer lui plaît, elle le prend sous son aile par affinité élective. Au musée du Grand Orient, quel est l'objet qui m'a fait la plus forte impression ? L'épée flamboyante de La Fayette. Tout ce qui est du 18ᵉ siècle est frais et très beau. Après, le 19ᵉ hypersocial n'a plus rien d'attirant, la crise s'approfondit dans toutes les institutions, et Lucie, en vraie philosophe, tient debout toute seule.

Il y a des années noires et sanglantes qui tombent, comme des couperets, dans les dates. Au hasard des dictionnaires, vous découvrez des biographies qui s'arrêtent toutes, brusquement, en 1794. Ce sont les guillotinés de la Grande Terreur. Voyez ce visage délicat, fervent, ces yeux levés vers le ciel. Est-ce un mystique ? Mais non, un savant de génie, portraituré par un certain Boze (dont le nom ne survit que par son modèle) : Antoine-Laurent de Lavoisier, chimiste français (1743-1794). En 51 ans, il a fait beaucoup de choses, avant que sa belle tête, avec d'autres, tombe dans la sciure. Créateur de la chimie moderne, on lui doit la nomenclature chimique, la connaissance de la composition de l'air et de l'eau, la découverte du rôle de l'oxygène dans les combustions et dans la respiration animale, l'énoncé des lois de conservation de la masse et de conservation des éléments. En physique, il effectue les premières mesures calorimétriques. Député suppléant pendant la Révolution, il fait partie de la commission chargée d'établir le système métrique. Jusqu'ici, tout va bien, mais, en 1794, « Lavoisier fut exécuté avec les fermiers généraux, dont il faisait partie ». Phrase hallucinante : « il faisait partie ». Le guillotinage de Lavoisier ? Une erreur, un détail, une bavure. S'il fallait s'attarder sur tous les individus !

Une autre figure ? Le Girondin Condorcet, par exemple, s'empoisonnant en 1794, à 51 ans, lui aussi, après avoir présenté à la Convention, en 1792, un plan grandiose d'instruction publique. C'est en prison qu'il compose son *Esquisse d'un tableau historique des progrès de l'esprit humain.* Marie-Jean-Antoine Caritat, marquis de Condorcet, mathématicien, philosophe, économiste, et homme politique français, président de l'Assemblée législative (1791), nous manque. Regardez l'Assemblée nationale française du 21e siècle, vous comprendrez pourquoi.

Rien de plus parlant, aujourd'hui, qu'un dictionnaire avec des petites images en couleurs. Parmi des centaines d'images, Manet a sa vignette, tantôt *Le Bar aux Folies-Bergère,* tantôt *La Blonde aux seins nus.* Il y a, paraît-il, 27 000 noms propres célèbres répertoriés, avec image ou pas, dans le Larousse illustré. Finalement, depuis la plus haute Antiquité, ce n'est pas beaucoup. Les notices évoluent. La mienne est en net progrès depuis 25 ans, elle va s'améliorer encore.

Qui se préoccupe des sœurs de Picasso ? Personne. Elles ont pourtant bel et bien existé, Lola, 3 ans de moins que son frère, et Conchita, plus jeune, morte à l'âge de 8 ans. Lola, c'est une Andalouse un peu renfrognée mais très belle, comme le prouve son portrait exécuté par son frère en 1900 (il a 19 ans). Mais le clou de cette liaison étrange se trouve aux archives du musée Picasso, à Paris : une photo de Lola, prise par Pablo à Barcelone, vers 1906-1909. Il a alors entre 25 et 28 ans, elle entre 22 et 25. Ce document est sensationnel : Lola, en robe blanche, est assise, très relevée, dans un fauteuil, le bras droit au-dessus de la tête, on pourrait la croire dans un bar, elle sourit de façon éclatante, elle drague son frère, elle est irrésistible, comme l'étaient, autrefois, les magnifiques putains de cette ville. C'est bien Lola de Málaga, qui, dans une autre photo, pose une main décidée, à 3 ans, sur la cuisse gauche de son grand frère, un peu gêné, de 6 ans. C'est sa sœur cadette, mais visiblement sa propriétaire. Ce soir-là, en tout cas, à Barcelone, 20 ans plus tard, ils sont en pleine complicité rieuse. Vont-ils sortir ensemble dans la nuit ?

Boire ? Danser ? Aller au bordel ? Avec Picasso, tout est possible.

Lola de Málaga, Lola de Barcelone, Lola de Valence... Une autre photo, et c'est Berthe Morisot. Si, si, sur un canapé, la jambe allongée, posant pour Manet, son futur beau-frère. On dit que Lola a épousé un médecin, et qu'elle est morte en 1958, à l'âge de 74 ans. Son grand frère, lui, est allé jusqu'à 92 ans, en continuant, jusqu'au bout, de regarder la mort en face. Noir espagnol de Manet, Goya à Bordeaux, Vélasquez-Picasso à Paris, Barcelone la nuit. Il s'est passé quelque chose de très spécial entre Lola et Pablo. Regardez ces yeux et ce rire.

J'allais oublier, avant Venise, mon voyage avec Anne à Barcelone. Elle était entre deux maris, de très bonne humeur, elle voulait que je lui montre une de mes villes de légende. C'était encore la fête, la foule sur les Ramblas jusqu'à cinq heures du matin, des corridas d'enfer, la fin du Barrio Chino, la fin aussi des belles putains propres et parfumées du *Cosmos*, leur café préféré, où elles s'agglutinaient en robes légères, rien dessous, des fleurs. Anne savait que j'allais revenir là, dans la nuit, comme je l'ai fait si souvent, pour monter avec l'une ou l'autre. Justement, cette brune audacieuse nous prend pour un couple dragueur, et nous propose de monter ensemble. Je sens qu'Anne est tentée, mais pas moi. Au fond, je la vexe. J'ai eu tort, tout aurait pu être facile et gai. D'où la tentative, quelque temps après, d'Anne à Venise. Doucement, petite sœur, domaine réservé. Là, j'ai eu raison, on aurait emprunté la grande route du sentiment et, par conséquent, des devoirs. À Barcelone, c'était, de sa part : « J'ai assez envie de voir une putain en action. » À Venise, c'était plutôt : « Si on vivait tranquillement ensemble ? » (cumul des propriétés, fortune).

Dans *L'Homme sans qualités*, de Musil, la sœur s'appelle Agathe, le frère Ulrich. Le roman passe pour être le must de la relation incestueuse entre frère et sœur. Je trouve le livre ennuyeux, coincé, raisonneur, autrichien, quoi, très « Europe centrale », le plus lourd, dans cette région, étant quand même *La Mort de Virgile*, d'Hermann Broch (1945). À part le fulgurant Kafka, hors concours sur le plan métaphysique, n'attendez pas de Vienne ou de Prague la moindre inspiration de style Picasso ou Manet. J'ai connu quelques écrivains sympathiques de ces régions : à la lettre, ils ne voyaient pas Paris, ils n'y entraient pas, ne l'entendaient pas. Avec ça, une prétention affichée, à croire que l'Europe de l'Ouest n'était là que comme décor, surtout Paris. Ah, Paris, toujours Paris, objet de toutes les jalousies. Mais où sont passées les petites femmes de Paris ? Les cafés, les conversations, la vie artistique et intellectuelle ? Hélas, hélas, vous connaissez la rengaine, plus de Paris, pas un seul écrivain français d'importance mondiale à Paris.

J'ai observé, avec mes amis étrangers, tout en marchant avec eux dans Paris, cette étrange cécité, cette surdité compacte. La Seine, le Louvre, la Concorde, les Tuileries, les ponts, les rues riches (la rue du Bac, par exemple), rien ne semble retenir leur attention. Ils sont gentils, ils parlent, ils n'écoutent rien, ne remarquent rien. Inutile de les emmener à Versailles, à Fontainebleau, à Rambouillet, à Vaux-le-Vicomte, à Chambord, à Bordeaux. Ils restent courtois (à peine), ils sont soucieux, boivent un grand cru comme si c'était seulement du vin, glissent sur les paysages comme si Monet ou Cézanne n'avaient jamais existé, n'ont aucun soupçon que l'*Olympia* les regarde froidement défiler. Il faut dire que leurs femmes ou leurs compagnons ne les aident pas une minute. Les Américaines, surtout, du bruit, des rires à contretemps, une inattention de tous les instants. D'où qu'ils viennent, en définitive, ils sont trop à l'Est, trop au Nord, quand ce n'est pas uniquement au Proche-Orient. Tout le monde sait, ou doit savoir, que c'est au Proche-Orient que l'avenir de la planète se trame. Au fond, si vous leur laissez penser que la France et Paris ne sont plus qu'un *musée*, ils acceptent. Mais si vous suggérez que vous êtes vous, vous-même, là, sous leurs yeux, la continuation vivante de toute cette affaire, ils vous trouvent fou.

D'où sortent ces déesses grecques réactualisées chez Manet et chez Picasso ? Mais oui, n'en doutez pas, le scandale est là, et Picasso l'éprouve vivement, à Antibes, avec Sara Murphy, mais aussi, en même temps, avec Olga, de plus en plus tendue, le soleil de Marie-Thérèse, l'orage à venir de Dora. Elles se contaminent l'une l'autre, mais, là encore, photo : Picasso et Sara Murphy, sur la plage de La Garoupe, en 1923. Cette nouvelle Aphrodite porte un turban, Picasso a l'air très heureux avec elle. C'est la femme d'un peintre américain oublié, mais elle a déjà ses amoureux, et pas n'importe lesquels : Fitzgerald, Hemingway. Au contraire d'Olga, de plus en plus pétrifiée et froide, Sara est une femme maternelle, délicate, chaude. Elle resplendit dans *La Femme en blanc*, du Metropolitan Museum, à New York. Lumineuse Sara, pour laquelle Picasso, en dieu Pan, aura pensé composer une grande fresque. On essaye d'empêcher Pan de s'épancher ? De jouer de sa flûte ? Tu parles.

Faut-il croire son secrétaire-témoin, Sabartés ? « À chaque nouvelle expérience amoureuse, nous voyons son art progresser, apparaître une nouvelle forme, un autre langage, un mode d'expression particulier, auquel on pourrait donner un nom de femme. » Un critique d'art américain proteste contre ce propos, en vieil animal puritain. Mais Picasso dit des choses comme ça : « Je rencontre des êtres humains que j'ai peints vingt ans avant. » Ou bien, à une femme, pour la séduire : « J'ai toujours été hanté par un petit nombre de figures, et vous êtes l'une d'elles. »

Cette brusque apparition de dieux et de déesses antiques, méconnaissables mais identifiables, *vivante*, en pleine époque moderne, est d'autant plus sous-estimée que le naturel de ces figures, leur aisance, voire leur fureur, est présent au cœur de Paris ou sur les plages. Voici Manet, avec Victorine, Berthe, Méry (et les autres), voici Picasso avec sa ménagerie profane et sacrée, ne craignant pas les affrontements les plus durs (Olga, Dora) qui, parfois, l'empêchent carrément de peindre. Manet, plus dissimulé, fait tout tourner, sans drame, à son avantage. Une profane entre dans son atelier, elle en ressort « sacrée » sur la toile. Ce sont des filles, des sœurs, il n'y a qu'à puiser dans la masse. Pas de mythologie chez Manet : c'est cette femme-là que vous venez de voir sans la voir, au café, au bar, dans un jardin, dans une serre, près d'une gare, mais, après tout, la Vénus de Titien et sa Vierge en assomption pourpre n'étaient sans doute que la boulangère ou la fleuriste du coin. Une femme saisie, chaque fois, dans son être-là ignoré d'elle-même. Son *là*.

Faut-il insister sur le fait que le bonheur, pour Picasso, après la tragédie de la mort d'Eva (« J'aime Eva »), se soit fixé sur une jeune Française, Marie-Thérèse, rencontrée à la sortie des Galeries Lafayette, à Paris, quand elle avait 17 ans ? Les tableaux parlent d'eux-mêmes. Cette blonde vient tout droit du 18e siècle, elle a été baigneuse chez Fragonard. Le Minotaure n'en finit pas de foncer sur sa proie, résultat heureux dans ce cas, mais négatif sur d'autres. Usure et ressentiment conjugal permanent avec Olga, tragédie pleureuse avec Dora. Picasso a raté son mariage, Manet a réussi le sien. « Suzanne, du Haydn ! — J'allais te le proposer. — Tu es un ange. — Non, c'est toi. »

Lucie entend la musique, un halo de silence l'entoure. L'amour impose son silence, c'est du sommeil éveillé. Une autre fois, elle regarde avec moi, rue du Bac, les photos de Fernande, d'Eva, de Sara, de Marie-Thérèse. Elle perçoit, comme moi, la folie et la destruction montantes dans les visages d'Olga, de Dora. Rien de plus triste que la beauté qui s'abîme, que le cancer psychique prenant possession des corps. Vous me direz que le Minotaure Pablo l'a bien cherché, que c'est lui le coupable et le responsable. Sans doute, sans doute, si vous voulez… Corrida intime… Rien de nouveau sous le soleil ? Si, l'observation peinte. *La Femme qui pleure*, dans son cri, est une révélation. L'univers, ou plutôt le multivers, est aussi un processus de destruction massive. On vient de découvrir, très loin, là-bas, dans les confins du nuage de Magellan, une ou plusieurs étoiles monstres, 260 fois plus grandes et intenses que notre soleil. Plus la moindre vie, dans ces conditions, faites attention à la vôtre, microscopique miracle.

Un miracle mordu par la mort, qui est là, qui attend son heure. Elle s'annonce par la mélancolie ou la folie, histoires de mères. Je viens d'entendre ce lapsus merveilleux à la radio : une journaliste annonce le premier concerto de Beethoven, écrit en 1795, soit, dit-elle, quatre ans après la *mère*, ou plutôt la *mort* de Mozart. Je n'invente rien. C'est sorti comme ça, un détail, au détour d'une phrase. Un peu de divan, docteur Freud ? Je ne prends plus de patients, et encore moins de patientes, c'est trop fatigant, toujours le même bazar… Je vais me mettre à l'aquarelle ou, mieux, au pastel. Manet a vu tout cela, il a choisi ce qu'il y a de plus profond, la surface, la rencontre, la vibration, le vide, l'éclat, l'instant. Les déesses font signe, elles brillent, elles s'absentent, elles n'ont pas le temps de devenir sorcières. Il y a quand même un portrait de Berthe Morisot, plus tard, terrible de souffrance. Elle est morte à 54 ans, 12 ans après son beau-frère dont elle enviait la peinture, s'en tenant pour sa part à l'« impressionnisme ». Dora Maar, aussi, s'est mise à faire du mauvais Picasso. Peinture, peinture, brisure des miroirs…

Vous multipliez le soleil par 260, vous disparaissez illico. Vous revenez au bon vieux soleil quotidien, vous réapparaissez. Voilà un entraînement gymnastique, auquel le passager de l'après big-bang doit s'habituer. C'est lui, le fameux boson qu'on recherche. C'est lui que la serveuse du *Bar aux Folies-Bergère* regarde sans aucun espoir, pendant que la foule des clients se presse dans le miroir. C'est elle l'abîme, le trou noir paré pour cette parade. Manet a signé et daté son tableau sur l'étiquette de vin ou d'alcool ambré, sur la gauche. Deux autres étiquettes de bouteilles plus sombres attirent le regard. Deux roses, l'une jaune, l'autre rose, sont piquées dans un verre à pied. Des fleurs à la fille, aucun saut : c'est la même substance. Aucune bouteille n'est ouverte, le champagne attend. Vous ouvrez et vous buvez la bouteille signée Manet, et tout s'illumine.

Ma sœur Anne serait-elle devenue différente en jouant du piano ? Peut-être. Mlle Durand, une petite brune rabougrie de mauvaise humeur, venait chez nous, le jeudi après-midi, pour des leçons. J'allais me cacher dans le jardin pour échapper à son visage de sourde. J'entendais de loin Anne taper sans conviction sur le piano de la bibliothèque. Un jour, Mlle Durand n'est plus venue : son élève abandonnait la musique. Si Anne avait été une Suzanne, nul doute, je me serais attaché à elle, j'aurais dévoré ses épaules, ses bras, ses poignets, ses doigts. « Anne, un peu de Haydn, s'il te plaît. — Tu as raison, c'est le meilleur. »

Au lieu de ça, le malentendu, la crispation, les préjugés, la fermeture. Le fossé entre les sexes se montre très tôt, et ils font tout pour l'entretenir, le transmettre. Ils se marient, font des enfants, s'obstinent, la fosse commune s'agrandit sur tous les continents, et la plainte de fond est toujours la même. Ça finit racorni, sauf intervention de la providence. J'écris ce mot, parce que Casanova l'écrit dans sa préface à *Histoire de ma vie* : « J'ai toujours compté sur la providence. » Il ajoute même avoir toujours prié dans toutes ses détresses, « me trouvant toujours exaucé ». Encore un passage qui étonne Lucie : « Le désespoir tue, la prière le fait disparaître. » À partir d'elle, l'être humain retrouve confiance, et agit. Sinon, pas d'évasion possible par les toits de Venise. Encore une fois « Squere deum », suivre le dieu. Manet suit le dieu, Picasso suit le dieu (en passant souvent par le diable).

Un véritable artiste, quoi qu'il fasse, suit le dieu, sinon son œuvre vieillit vite. Je crois au dieu de Bach dans ses variations, ses suites, ses fugues, ses toccatas ; à celui de Haydn dans ses sonates (je vois leurs quatre mains jouer). Je crois au dieu de *La Femme en blanc* ou du *Rêve*, au dieu du *Bar*, à celui de Méry Laurent. « Vous croyez en Dieu ? » demande X ou Y. Question absurde et obscène, à laquelle la meilleure non-réponse est « Bof ». « Vous êtes croyant ? » Oui, quand j'écris, quand j'écoute les *Suites françaises*, quand je vois *Guernica*, quand j'entends *Così fan tutte*, quand je regarde vraiment ce cèdre, cette brise côtière, cette rose, ce toit, quand j'attends Lucie rue du Bac, quand je mets la clé dans la serrure, quand l'énorme tranquillité m'avertit qu'elle va être là.

Je comprends très bien pourquoi Casanova insiste sur son « deum ». Sans lui, pas de manuscrit, ce qui veut dire que, dans toutes ses aventures, il savait bien, sans avoir à le formuler, qu'il était en train de les écrire ou de les graver (dieu est un graveur), et qu'il n'aurait plus qu'à les recopier. Les rencontres ? Deum. Les portes qui s'ouvrent ? Deum. Le suicide évité ? Deum. L'angle favorable ? Deum. La langue française ? Deum, deum. *Histoire de ma vie* est un *Te Deum*. Il n'y a pas de destin commun, pas de Mort surplombante en égalisatrice démocratique, pas d'athéisme partageable, mais un destin personnel avec son « deum ». Suivre le dieu n'a rien de religieux, ni même de « déiste ». Loi pour tous, tant que vous voudrez, mais deum pour moi, dans telle ou telle situation concrète, nouée et soudain dénouée.

Je choque un peu Lucie, mais ça l'intéresse. Elle n'a jamais entendu ça nulle part, et elle est elle-même la preuve de ce que j'avance. Notre rencontre improbable ? Deum. Le studio de la rue du Bac et les rendez-vous de calme au milieu du tohu-bohu ? Deum. Un dieu fuyant nous protège contre la peste, le bruit, le bavardage, la mort, la cohue. Voilà notre atelier de peinture. Sans tableaux, c'est encore plus beau.

Picasso, dans ses saisons en enfer avec Olga et Dora, en est arrivé un jour à ne plus vouloir peindre. L'une lui détruisait ses journées avec son aigreur, ses demandes d'argent, sa plainte continue, son passé de danseuse russe frustrée, sa maternité abusive ; l'autre, par ses pleurs et ses prétentions, lui mangeait carrément la tête. « Les femmes ? Des machines à souffrir », jette une fois Picasso. Il aurait pu les éviter, mais non, il voulait savoir, il a su. D'où l'effet de lumière violente arrachée à de faux trous noirs. De même que les natures vraiment érotiques se manifestent par un halo bleuté silencieux, les réprouvés et les réprouvées de ce monde s'annoncent par une enveloppe de faux noir. C'est du négatif de photo, pas du noir.

On peut évidemment éviter le conflit, rester tranquillement, comme Matisse, dans du décoratif sensuel, se transformer soi-même en femme attentive et maternelle, suivre sa propre fille imaginaire dans ses ondulations de couleurs, tout cela finira, idéalisé, en chapelle. Un des meilleurs livres d'Aragon s'appelle *Henri Matisse, roman*, et c'est, bien entendu, un acte de guerre contre Picasso qu'on ne voit pas une minute en « fou d'Elsa », cette dernière n'ayant rien à voir non plus avec l'*Olympia*. L'épisode Françoise Gilot en dit long sur cette région : elle fait de la mauvaise peinture « abstraite » (qui deviendra de plus en plus spiritualiste), Matisse lui fait des compliments pour embêter Picasso, elle en vient à abandonner le Minotaure (qu'elle croit fini) pour un jeune peinturlureur communiste, tout cela avec la bénédiction du couple phare de l'amour stalinien. La contre-attaque du Minotaure, un moment déstabilisé, ne se fait pas attendre. Où reprend-il pied ? Dans *Le Déjeuner sur l'herbe* de Manet.

Voyons ce que dit Françoise Gilot. Sur Matisse (76 ans) : « Géant de la peinture, paisible et intense, il vit plongé dans le travail. Un homme debout, calme, amoureux de la vie. »

Sur Picasso (65 ans) : « Figure légendaire, un caractère de feu, radical, fantasque, joueur et orgueilleux » (autrement dit : *invivable*).

Matisse a beaucoup dessiné Elsa et Aragon, Picasso non. L'assistante de Matisse a envoyé nombre de ses tableaux à Moscou, pendant que Picasso, sous Franco, expédiait clandestinement les siens à Barcelone. À peine Franco mort, le musée Picasso ouvre là-bas (avec, notamment, la vertigineuse série des *Ménines*, en hommage à Vélasquez). Matisse, lui, pour finir, offre à son grand flirt éthéré, une religieuse, la chapelle de Vence, pour laquelle il compose même des chasubles. Picasso en torero terroriste, Matisse en chanoine. On comprend la préférence de Gilot, déjà mère de deux enfants, pour le chanoine.

Un tableau qui vous poursuit vous donne l'impression d'être recto et verso. Son recto vous parle de son verso, à vous d'être là des deux côtés à la fois. Le *Bar* est un paquebot vu par un sous-marin à 20 000 lieues sous les mers. Voyez ces hublots d'aquarium, cette foule de poissons morts qui se croient vivants. La bergère, qui sert au comptoir, est folle, c'est entendu, elle a une telle intensité d'absence qu'elle seule va survivre au naufrage. Manet, dans son atelier, a peint un grand panneau égyptien, et la sublime innocente est là comme une momie ressuscitée. Recto bar, verso tombeau.

On peut noter au passage que Marx est mort la même année (1883) que ce peintre français dont il n'aura jamais su à quel point il en était proche (mais, après tout, son voisin de table, au British Museum, s'appelait Rimbaud). Marx, à Londres, a longtemps vécu dans un petit appartement de trente mètres carrés. Sa mère disait de lui : « Au lieu d'écrire *Le Capital*, il ferait mieux de s'en constituer un. » Lui-même avouait qu'en écrivant son pavé révolutionnaire, il avait juste gagné ce qu'il avait dépensé en tabac, et donc en fumée, pendant son travail. La serveuse du *Bar* a-t-elle lu Marx ? Dans la vie, sûrement. Combien était-elle payée pour rester debout tous les soirs ? Pouvait-elle, ensuite, *améliorer* son salaire ? Tous les clients sont plus ou moins des porcs, mais ce peintre, lui, est gentil, causant, amusant, un vrai gentleman. On ne voit pas où il veut en venir, mais ce n'est pas grave.

Le Bar chez soi, la salle de concert chez soi, la nature chez soi, les siècles chez soi. Victorine est belle comme un cheval chinois de Lascaux, Suzon fleurit chez Watteau. Personne, apparemment, ne se doutait de ce que Manet faisait dans son atelier. Les autres allaient beaucoup sur le « motif », allez voir là-bas si j'y suis. Après avoir beaucoup protesté, les bourgeois et les critiques d'art se sont très bien arrangés des « impressionnistes ». Avec Manet, c'est plus compliqué, il y a là quelque chose qui ne marche pas. C'est pourtant simple : ses tableaux sont des romans pleins de micro-poèmes, mais d'abord des romans, avec des femmes gênantes. Quel roman, l'*Olympia* ! Quel roman, *Le Déjeuner sur l'herbe* ! Quel roman, le *Bar* ! Quel roman, *La Femme au perroquet* ! Quel roman, ces fleurs plantées dans des verres ! Quel roman, *L'Asperge* !

Recto, roman. Verso, roman.

La Comédie n'est plus ni divine ni humaine, mais le roman des marques du temps. Un seul autre peintre a eu, en son temps, cette diversité et cette liberté d'audaces romanesques : Titien. Et c'est bien la raison pour laquelle il est, d'emblée, dans le collimateur de Manet. Mon histoire avec Lucie : roman. Sequere deum : roman.

On veut à tout prix que Manet et Cézanne aient été les précurseurs et les fondateurs de « l'art moderne ». C'est ignorer ou censurer leur obsession : ranimer la peinture ancienne, la transformer, la transfigurer, se mouvoir librement en elle, être à sa hauteur, ici, maintenant, contre le kitsch des pompiers. Pourquoi, avec ces deux-là, cette flambée de résurrection a-t-elle eu lieu en France ? Pourquoi a-t-elle été punie pour cela ? Certes, on peut chipoter, les femmes de Cézanne sont souvent gothiques, les hommes de Matisse sont des planches, les femmes de Renoir en font trop, celles de Degas ont tort d'être repasseuses ou petits rats d'Opéra, Manet se perd dans les fleurs, Rodin fait trop gros, Picasso exagère, etc. Manet, lui, si varié, n'a pas de défaut principal. Son autoportrait de 1879, baguette du pinceau et regard perçant, n'a rien de celui d'un « artiste » : c'est un anti-héros, pas du tout idéal. Plus généralement, il montre comment les hommes de son temps sont *engoncés* dans leurs habits, leurs chapeaux tuyaux de poêle, leur fonctionnarisation. Ce sont des orgues funèbres. Et, tout à coup, une *Amazone*, chapeau haut de forme, habit noir, trouble le jeu. De toute façon ses femmes emportent la toile, leurs chapeaux s'envolent, comme celui de Méry ou de Mme Gamby dans le jardin de Bellevue. Ou alors, c'est carrément le confort de Suzanne sur son canapé, le visage un peu ahuri d'avoir un aussi bel homme pour mari.

Un certain Hsi K'ang, Chinois du 3e siècle, affirmait calmement, à la stupéfaction générale, croire à l'existence des immortels, ou, du moins, à une vie prolongeable jusqu'à mille ans. Il s'exprime ainsi : « Sous prétexte que vous n'avez jamais vu de vos yeux quelqu'un qui aurait vécu mille ans, vous prétendez que de tels individus n'existent pas. Mais permettez-moi de vous demander, si jamais vous en rencontriez un, à quoi le reconnaîtriez-vous ? Il ne diffère en rien des individus ordinaires. »

Dès ma première rencontre avec Lucie, une formule espagnole m'est revenue à l'esprit : « los ojos con mucha noche », les yeux avec beaucoup de nuit. Les « coups de foudre » sont rares, les coups de nuit encore plus. Les tableaux où Lucie apparaîtrait, si j'étais peintre, devraient être envahis par l'intensité de ce noir sans lequel il n'y a pas d'éclaircie. Noir et halo bleuté. Tout le reste, robes, pantalons, bijoux, *répondrait* à ce noir, nudité comprise. Mais la preuve, ici, est dans les lèvres, la bouche, la langue, la salive, le souffle. C'est en s'embrassant passionnément, et longtemps, qu'on sait si on est d'accord. Une longue demi-heure, tout en se caressant, sinon c'est du chiqué ou du vent. Pas d'expression plus répugnante que la formule, de plus en plus employée à tout va : « bisous ». Le long et profond baiser, voilà la peinture, voilà l'infilmable. Rue du Bac, de 17 h 20 à 17 h 50, tout de suite, dès la porte ouverte. Pas un mot, sauf l'habituel « Désennuyons-nous ». J'arrive toujours avec dix minutes d'avance. J'entends l'ascenseur, le bruit de la clé de Lucie dans la serrure, les rideaux sont déjà fermés, action.

Les écrivains racontent un peu n'importe quoi sur ces choses. Proust, par exemple, est un militant de l'impossibilité de la rencontre entre les deux sexes. Il s'est beaucoup dépensé à ce sujet. Les autres sont soit inhibés, soit pornographiques. Le coup de nuit calme et continué n'est pas là. Rien qui viole mieux, pourtant, les conventions sociales. Personne n'irait soupçonner Lucie de se livrer à des coups de nuit en plein jour. Elle vient, elle part au bout de deux heures, c'est *quelqu'un d'autre* pendant ce temps-là.

C'est à partir de 1880, mais surtout en 1893 et 1894, que les anarchistes violents, avec leurs complices intellectuels, inquiètent les gouvernements bourgeois. Les mesures les plus répressives, après des actions célèbres (Chambre des députés, restaurants, assassinats en direct), datent de cette époque. On comprend que Manet, trente ans auparavant, ait passé sa vie à être refusé par le « Salon ». La rumeur devait courir : « C'est un anarchiste. » Le « Salon » avait raison. Imaginez une bombe qui va éclater, d'un moment à l'autre, au bar des Folies-Bergère. Suzon est peut-être au courant, son attitude l'indique, et, de plus, génial décalage en miroir, le bas de son corps, de dos, propose et pense tout autre chose que sa devanture. Quant à Léon, dans *Le Déjeuner dans l'atelier*, qui vous dit qu'il ne va pas sortir, d'un moment à l'autre, avec sa bombe ? Et ces femmes suspectes, Victorine, Méry ?

Un point reste quand même obscur dans la vie de Manet : le très singulier Léon, le fils de Suzanne, dont il a été le parrain, pour ne pas dire le père. Le père ? La rumeur indique autre chose : Léon serait le fils adultérin du père de Manet, ce qui ferait de lui le demi-frère, beaucoup plus jeune, du peintre. Possible : une jeune Hollandaise de 22 ans vient donner des leçons de piano à ces garçons de bourgeois (Manet a 20 ans). Le père, magistrat, la trouve à son goût, se laisse aller, l'engrosse. Scandale local évité, Suzanne passe du père au fils, qui devient « parrain » de son fils. Un an après la mort de son père, en octobre 1863, Manet est en Hollande, à Zelt-Bommel, chez le père de Suzanne (un organiste) pour régulariser son union, protestante, donc, avec sa maîtresse, qui a d'abord été la maîtresse furtive de son père. Pour l'état civil, on a trouvé le nom d'un ami de Suzanne, Koella, mais tout le monde prononcera Leenhoff, le nom de Suzanne.

Le 6 octobre 1863, Baudelaire écrit au photographe Carjat :

« Manet vient de m'annoncer la nouvelle la plus inattendue. Il part ce soir pour la Hollande, d'où il ramène *sa femme.* Il a cependant quelques excuses, car il paraît que sa femme est belle, très bonne et très grande musicienne. Tant de trésors dans une seule personne, n'est-ce pas monstrueux ? »

Baudelaire étonné, plutôt jaloux, n'était donc pas au courant de l'existence de Suzanne, preuve de l'extrême discrétion de Manet. Un ami qui se marie choque toujours ses amis. Il faut souligner que, dans ce cas, les singularités sont massives : la Hollande, le mariage non catholique, une femme qui a déjà un enfant de 11 ans (*de qui* ?), le piano, la musique.

Si l'hypothèse de Léon comme demi-frère plus jeune d'Édouard se maintient, on comprend beaucoup de silences (les silences de la bourgeoisie !), mais aussi la très bizarre *indulgence* de Suzanne à l'égard de son mari. Il l'épouse avec enfant, n'est-ce pas, à l'époque, un acte peu commun, important ? Mieux : il affirme Léon, le peint admirablement (enfant à l'épée, jeune homme du *Déjeuner dans l'atelier*), bref se réincarne en lui, se poursuit à travers lui, avec insolence. Ta mère est ma femme, dit Manet à Léon, lequel manifestera, jusqu'à la mort de Manet, un grand dévouement pour ce drôle de père. Regardez simplement *La Lecture,* où une éblouissante Suzanne, assise en pleine lumière, a, derrière elle, un jeune homme gris, penché, avec un livre. Tableau retouché, pour ajouter le lecteur de cette scène étrange. Suzanne resplendit, elle écoute la sonorité des mots, Manet les enveloppe de sa tendresse.

Manet, virtuose de l'inceste ? Toute sa peinture le dit. Contrairement à Œdipe, il a deux yeux *en plus.* S'il avait eu une sœur, elle aurait été Berthe Morisot, mais qu'à cela ne tienne, elle sera sa belle-sœur. Le trio Édouard-Suzanne-Léon fait irrésistiblement penser à Ulysse-Pénélope-Télémaque. *Le Déjeuner dans l'atelier* est un autoportrait d'Ulysse réincarné dans son fils allié, Télémaque. Les Prétendants sociaux n'ont aucune chance de rafler la mise, d'autant plus qu'Ulysse a plus d'un tour dans son sac : une déesse, Athéna, qui le soutient et ferme les yeux sur ses aventures (Calypso, Circé, Nausicaa), une femme et un fils fidèles, un pinceau d'enfer. La Société sent ça, elle s'énerve.

Baudelaire a raison de souligner *sa femme.* Le satyre Manet s'est marié ! Et il peint l'*Olympia* ! *Le Déjeuner sur l'herbe* ! Trop fort. Et il ne s'agenouille pas devant Jeanne Duval ! Carjat, le photographe, beaucoup plus sensible et honnête que Nadar, a au moins deux portraits splendides dans sa collection : Rimbaud et Manet, le génie français à l'attaque.

Anarchiste, bien sûr, mais sans ostentation, en profondeur. Le bleu-blanc-rouge suffit, sur fond noir. Manet est sincèrement républicain (14 juillet 1880 : « Vive la République »), il a quelques soutiens éclairés dans cette dimension. Vive la République, oui, mais « Vive l'amnistie » (même date), en faveur des communards. En réalité, « Vive Paris, vive la Vie ». Huîtres, citrons, asperges, jambon, roses, champagne, pivoines, et deux Victorine ! et trois Méry ! Ni Dieu, ni Maître, ni Matriarcat : certains peintres se sont battus pour ça. Manet a vaincu tous les arriérés de son temps, qu'ils soient réactionnaires, socialistes ou naturalistes (triste défection de Zola, de plus en plus loin de *Nana*). Picasso, de même, et dieu sait qu'avoir niqué, comme lui, les communistes reste au-dessus de l'éloge.

Picasso, à l'époque des *Demoiselles d'Avignon*, photographie donc sa sœur Lola à Barcelone. Fond noir intense, robe blanche. Elle relève le bras droit derrière sa nuque, laisse sa main gauche, au bout de son bras tendu, posée sur sa cuisse. Elle est ravissante et, visiblement, fait du charme à son frère, yeux brillants, sourire tendre, allumé, complice. Elle ne peut pas ne pas savoir qu'il passe son temps dans les bordels de cette ville hyper-chaude, dans la petite rue d'Avinyo, par exemple, en bas des Ramblas, à droite.

Picasso a-t-il demandé à sa sœur de lever ce bras droit au-dessus de sa tête ? En tout cas, la deuxième Demoiselle du tableau, en partant de la gauche, c'est elle. Elle a peut-être pris spontanément cette pose. En tout cas, la voilà dans la quatrième dimension. Inoubliable Lola de ce soir-là, dont personne ne parle.

Je devais m'y attendre : Anne m'apparaît en rêve en personnage du tableau, en plus « naturelle ». Nous sommes à Bordeaux, elle est entrée sans frapper dans ma chambre, elle me regarde avec un air de reproche, et s'en va, après quelques mots jetés en espagnol. C'est bien elle, ce n'est pas Lola ni Lucie, la peinture sait comment intervenir dans les rêves. Cette fois, je ne vais pas la laisser partir, je vais me lever et courir la rejoindre, mais réveil.

Comme le montre l'incroyable gravure d'un graveur célèbre à l'époque, Bracquemont, il faut entendre le nom de Manet en latin. C'est en 1890, sept ans après sa mort, et pour accompagner une série de 23 eaux-fortes, que Manet (sur une proposition de Poulet-Malassis, ami de Baudelaire) apparaît en dieu Pan sur sa colonne, sa palette et ses pinceaux fichés à l'endroit du sexe, visage triomphant par-delà la mort (il ressemble à Marx). En haut, inscrit en capitales : MANET. En bas : ET MANEBIT. MANET ET MANEBIT : IL RESTE ET RESTERA.

Lisez bien : tout passe et s'efface, mais moi je suis venu, j'ai vu, j'ai vaincu. Le plus étonnant est que cette gravure révolutionnaire a été validée par sa femme, Suzanne, sacrée veuve au piano, musicalement fidèle à son faune. Vous pouvez aussi entendre une formule gnostique : « Bienheureux celui qui est avant d'avoir été, car celui qui est a été et sera. » Manet est *permanent*, vous pouvez disposer cette statue dans un parc, par exemple à Versailles. Il était caché dans les buissons de Fragonard. Le revoilà.

Manet, avec son prénom anglais, Édouard, savait très bien de quoi son nom était porteur, *man*, bien sûr, mais aussi *manus* (main), *mane* (matin, « mane novum », « le frais matin »), *mânes* (âmes des morts), et surtout *manere*, rester. N'insistons pas sur le BIT du futur MANEBIT, la palette et les pinceaux sont là pour faire résonner le phallus. Autrement dit : Manet peignait avec sa tête et son sexe, plus besoin de mains.

On pense à l'épitaphe choisie par Haydn pour sa tombe : NON OMNIS MORIAR, « tout ne mourra pas ». Que dit, de son côté, le timide André Gide, après la mort de sa femme ? *Et nunc manet in te.* Il l'enterre en lui de façon conventionnelle, sans penser consciemment à Manet. Mais si Manet a bien peint une Madame Zola plutôt insignifiante (merci, Émile, pour autrefois), il est peu probable qu'il aurait peint un portrait de Madame Gide. De toute façon, il aurait trouvé que, de Baudelaire et Mallarmé à Gide, le niveau avait, pour ainsi dire, *baissé.* Manet et Picasso à la NRF ? Pas qu'on sache. Braque, plutôt, mais, là encore, pas de femmes, et de lourds oiseaux.

Vous regardez un Titien, un Vélasquez, vous êtes devant quelqu'un. Même choc personnel avec Picasso et Manet. D'où vient, ensuite, l'impression qu'il n'y a *personne* ? Des figures, oui, des figurants et des figurantes, des poupées parfois, mais personne. Voyez *La Leçon de musique* de Matisse (1917), avec sa partition de Haydn glissée dans un coin. Ce sage tableau confortable, avec piano, vous fait-il *entendre* Haydn ? Pas le moins du monde. C'est une *leçon*, mère et fils, organisée pour souligner un art de vivre, au mieux Debussy, au pire Fauré. Un certain luxe, du calme, de la volupté (pas trop), de l'atmosphère, de l'ambiance, mais en même temps une surdité.

De son côté, il est clair que Madame Cézanne est aussi présente qu'une magnifique montagne, mais qu'elle soit sourde implique qu'elle n'est rien d'autre que la femme de son mari, dont elle n'aimait pas la peinture. L'autoportrait de Cézanne ? Il est devant son tableau, il pense au ciel. Saint Cézanne, d'accord, chanoine Matisse, pourquoi pas, mais qu'est devenu Pan dans tout ça ? Vous dites qu'il est mort empoisonné ? Que tout le monde est peintre, aujourd'hui, sans savoir ni dessiner ni peindre ? Salut les artistes, la charité publique soit avec vous !

Le gouvernement de la Catalogne, pour d'obscures raisons politiques habillées en déclarations « humanitaires », vient d'interdire la corrida sur son territoire. À l'époque des infanticides et des néonaticides intensifs, c'est une bonne mesure, il faut sauver les taureaux. Il faut aussi interdire, par la même occasion, des centaines de toiles de Picasso, et aussi les courses de taureaux de Manet, son torero mort, son matador saluant, sa charmante Victorine « à l'espada », tout le travesti trouble des choses. Des travelos déguisés en femmes, oui, des femmes raffinées en habits d'hommes, non. Les fleurs du mal n'ont plus rien à proposer à l'amateur. Proust, habile, a caché son jeu. Plus de corridas ? Mais bien sûr, et c'est normal. Un moine bouddhiste français, en robe safran, approuve cette sanction sensible.

Mais que serais-je, moi, minuscule peintre amateur, sans les grandes séances de 17 heures, autrefois, à la Monumental de Barcelone ? Sans les capes, les picadors, les banderilleros, les lentes et mortelles valses des muletas ? Sans le souvenir de Dominguín, royal, offrant, quand la nuit tombe, un taureau à la foule ? Sans l'excitation obscène des femmes au moment de la mise à mort ? « Ahora bien, chico, vamos a ver si sabes matar ! » « Nous allons voir si tu sais tuer ! » Des mères, des filles, des sœurs… À quand l'interdiction de *Guernica*, ce tableau *pénible* ? Salut, Lola !

Vous ouvrez un roman énergique de la société actuelle, un roman défoncé, avec cocaïne, travelos, pédés (ne dites pas pédés, mais *dèpes*), bisexuels, ecstasy, baises farouches et sordides, prostitution à la carte, le tout sur fond d'autodestruction et de désespoir sans issue, vous êtes dans le ton. Prenez un grand verre de vodka, mettez-y du MDMA couplé avec des amphétamines et, comme dit un excellent auteur de 30 ans, « tout devient beau, chaleureux et surtout excitant, tu pourrais baiser avec un arbre, et ce serait un souvenir extraordinaire ».

L'ecstasy, nous dit-il, est « la drogue de la sociabilité, de la fraternité, de la confiance, de l'espoir. Tout ce qui manque quand le jour se lève. Le 21ᵉ siècle sera neurochimique ou ne sera pas ». Bien vu. Et d'ajouter à la liste le cannabis, les somnifères, l'alcool, les antidépresseurs, et « ceux qui se shootent à la connerie devant le petit écran ». « Le Démon, précise-t-il, est dans le coup, forçant chacun et chacune à *sortir*, une pulsion, une boule au creux du ventre. »

Du même : « La musique a remplacé la poésie au 20e siècle. Si Rimbaud se réincarnait aujourd'hui, il viendrait se défoncer avec nous, et la vieille Verlaine serait une chanteuse pop à succès, genre Elton John. Mais comment ferait Rimbaud pour se taper Elton John ? »

Comme on voit, dans les sous-sols du 21e siècle, malgré le rock, la pop, le rap, le slam, l'héro, l'ecsta, les trav, les pipes et les enculages divers, Rimbaud a gardé son prestige.

Et voici maintenant un virtuose de l'acrobatie sexuelle :

« C'était bien simple, plus je sentais monter la pression autour de moi, plus je courais les aventures. Je faisais l'amour entre 1 heure et 3 heures de l'après-midi en faisant sauter mes déjeuners. Je faisais l'amour l'après-midi dans des saunas situés dans l'est de Paris décorés comme l'Alhambra. Je faisais l'amour à la sortie du bureau dans les parkings ou les toilettes des grands magasins et même sur les quais de la Seine où je trouvais des garçons aussi affamés que moi, le visage assombri par le désir. Je faisais l'amour dans les boîtes à cul de la capitale, errant dans les labyrinthes mal éclairés, repassant cent fois devant la même cabine pour être bien sûr de mon choix. »

Il continue ainsi :

« Je faisais l'amour debout, couché, assis, accroupi, le

corps de mon partenaire se balançant sur un sling. Je faisais l'amour en costard, en jean et chemise canadienne, en cuir, en militaire, en tenue d'égoutier. Je faisais l'amour le lundi soir, le mardi soir, le mercredi soir, le jeudi soir, le vendredi soir et le dimanche soir pour apaiser la tristesse qui s'emparait inévitablement de moi à ce moment-là. Je faisais l'amour à 3, 4, 5 heures du matin parce qu'il y a toujours et à toute heure des volontaires pour accueillir un mec qui allait vous culbuter sur votre lit. Je faisais l'amour avec de jeunes écrivains et de vieux éditeurs, avec des couples d'amis et avec des ex, avec des lutteurs bègues, des urgentistes militants au Parti des travailleurs, des plombiers, des avocats d'affaires, des Suisses, des Libanais travaillant pour des émirs du Qatar, des danseurs cubains réfugiés, des Maliens clandestins à Clichy, des coursiers beurs et des Chypriotes (grecs). En trois mois, on pouvait ainsi faire le tour du monde sans jamais connaître le dépaysement. »

J'admire ces jeunes gens courageux à l'assaut de l'enfer. L'important n'est d'ailleurs pas ce qu'ils font, mais qu'ils puissent le dire. En comparaison, mon ancienne vie de débauché « hétéro » me paraît étrangement calme, sans « Démon » ni « tristesse ». Même épisodique ou confuse, la moindre expérience avec une femme a toujours eu pour moi quelque chose de bénéfique, de rajeunissant, de réconfortant. Je n'ai pas eu besoin d'ecstasy pour faire l'amour avec les arbres : mon cèdre et mon acacia le savent, se souviennent de moi, me répondent, approuvent cet humain spécial. Je ne me défonce plus depuis longtemps, et je pense que Rimbaud, aujourd'hui, aurait autre chose à faire que de retrouver « la vieille Verlaine », ou draguer sans arrêt jour et nuit. La poésie, messieurs… Mais laissons la poésie tranquille. Un bon et long massage amoureux de la part d'une professionnelle sensuelle, précise, subtile, un peu sorcière, qui, en vous embrassant, *sait vous trouver au moment voulu*, suffit.

Outre un trop-plein de mémoire, vieillir consiste à se raconter ses gestes avant de les faire, et à ne plus rien attendre de l'extérieur. Mais c'est aussi une nouvelle jeunesse où un artiste peut tout accomplir *comme pour la première fois*. Peindre vivement comme si on n'avait jamais peint (Manet), forcer la dose avec les modèles (Picasso). Écrire comme si on n'avait jamais rien écrit est plus difficile. Il faut donc s'organiser en peintre, garder la main, savoir la lâcher en prise directe, avoir un atelier sûr. Comme personne ne se doute de rien avant la publication d'un livre et du bavardage qu'il suscite, vous êtes censé ne rien faire. Pas d'ordinateur : palette, pinceaux, papier, encre, stylo, machine à écrire. Vous êtes un des derniers habitants de ce genre de vie. C'est enivrant.

Certains soirs, rue du Bac, après le départ de Lucie, je prends quelques croquis sur place, après quoi je vais boire un verre ou deux, tout près, au bar du Montalembert. Du printemps à l'automne, la terrasse est parfaite, sauf si les Yankees sont là, avec leur bruit. C'est le moment de bavarder avec quelques amis qui vous aiment bien, mais arrivent mal à vous dissimuler *qu'ils n'aiment pas du tout votre peinture* et que, donc, *ils ne peuvent pas vous voir en peinture.* Vous êtes devenu un peintre invisible, et ça aussi, ça suffit.

L'église Santa Lucia, de style Palladio, à Venise, dans le quartier de Cannaregio, a été détruite en 1861 pour la construction de la gare ferroviaire. Elle contenait les débris de la sainte, ramenés de Constantinople, après le sac de la ville par les Vénitiens. La sainte elle-même a été martyrisée à Syracuse, en 310 de notre ère. Vous pouvez suivre les détails de ses tortures dans l'incroyable *Légende dorée* de Jacques de Voragine. Rester impassible sous des aspersions d'urine brûlante et, dans un brasier, continuer à parler avec une épée dans la gorge, n'est pas à la portée de la première vierge venue. Ses yeux sont restés célèbres, et Dante a toujours dit qu'il lui devait la vue et la vie.

Cette sainte, protectrice optique, repose maintenant dans l'église San Geremia, pas trop loin de l'église démolie (mais elle a été déposée avant dans l'île de San Giorgio). Nous apprenons qu'en 1955 Angelo Roncalli, patriarche de Venise, et futur pape sous le nom de Jean XXIII, a posé un masque d'argent sur le visage de la sainte pour le préserver de la poussière. Ces catholiques, avec leurs saints et leurs saintes, sont décidément infernaux.

Plus curieux : les reliques de sainte Lucie ont été volées le 7 juillet 1981, et retrouvées en décembre de la même année, sans demande de rançon. Ténébreuse affaire, surtout si on regarde les dates : c'est en mai de la même année que le pape polonais Jean-Paul II a reçu, place saint-Pierre, à Rome, ses deux balles dans le ventre toujours peu expliquées. Sainte Lucie et la Vierge Marie étaient-elles à la manœuvre, avec Dante, pour sauver ce futur « Bienheureux » désormais canonisable ? J'aimerais en savoir plus sur ce vol et cette restitution sans rançon. Mais l'Italie est si mystérieuse ! Ce n'est pas à Stockholm qu'on verrait des choses pareilles, si j'en crois la trogne de la femme-évêque luthérienne qui se présente, crosse en main, comme homosexuelle militante (mais attention, pas « lesbienne »). Sa compagne et elle, pacsées, élèvent un petit garçon. Si celui-ci a un système nerveux conséquent, il n'est pas exclu qu'il arrive à s'échapper de l'enfer, et devienne, un jour, un excellent catholique.

On fête la Sainte-Lucie le 13 décembre. Une rose blanche pour Lucie ce jour-là.

Elle a sa vie, j'ai la mienne. Deux heures, une ou deux fois par semaine, pour faire l'amour et parler de *tout autre chose*, voilà un des romans réussis de ma vie. Parfois, une ou deux semaines sans se voir, aucune inquiétude. Je mets ma main dans la poche, je sens les clés de la rue du Bac, j'y passe seul quand Lucie voyage, pour faire une brève sieste, avant de rejoindre mon bureau des Éditions Gallimard, à cent mètres. Je peux aussi dormir là, prendre un bain, écouter de la musique, consulter mes notes, penser à la suite d'un manuscrit, et, déjà, les fiches s'accumulent sous le titre « Bac ». Elles portent souvent sur les musiciens écoutés ici.

Exemple : c'est en juin 1797 que Haydn, revenu de son deuxième voyage à Londres, finit de composer son dernier grand cycle de quatuors à cordes. Depuis 47 ans, seul, il développe et enrichit cette forme où il n'a pas d'égal. Comme pour les sonates pour piano, on reste ébloui par ces partitions vives, tranchantes, mélodieuses, bouleversantes d'énergie lyrique, débordantes, retenues, inexplicables.

Lucie aime particulièrement les quatuors de Haydn. L'immeuble et la rue se vident, la Seine coule à l'envers, les quatre instrumentistes déjeunent sur l'herbe, les toits volent, Manet est heureux.

Au début des années 1910, Picasso, qui a commencé à s'occuper beaucoup de photographie, prend du haschish, et a ces mots étonnants : « J'ai découvert la photographie. Je peux me tuer. Je n'ai plus rien à apprendre. »

Qu'est-ce qu'il veut dire ? Il vient de passer au-delà du miroir, et de la fausse identité qui s'y joue. Il comprend tout : les morts vont défiler devant l'œil de l'objectif, le règne de la caméra s'instaure. Un siècle après, le bouclage est complet. Une nouvelle Inquisition, mécanique, se met en place à tous les étages. Vous êtes votre visage, photo. Vous êtes votre corps, photo. Vous n'êtes qu'une image, photo. Vous n'avez rien d'autre à penser, photo.

Les archives de Picasso comptent 5 000 œuvres ou documents photographiques. Les moments les plus intenses sont les autoportraits, par exemple celui de 1909, en Espagne, à Horta de Ebro. C'est l'été, Picasso installe son appareil sur le sol, il est assis sur une chaise dans une chambre, un peu allongé, jambes ouvertes, regard noir, sexe très apparent sous son pantalon clair.

Immédiatement, une autre photo surgit, prise à Málaga en 1888. Il est à côté de sa sœur Lola, il a 7 ans, elle 4. Lola est très sûre d'elle, lui moins. Elle pose une main droite propriétaire sur la cuisse gauche de son frère, lequel, 21 ans plus tard, à 28 ans, place sa main gauche dans la même position qu'occupait la main droite de sa sœur. Sa propre main droite reste là où elle était autrefois. Il a avalé Lola.

Yo, Picasso. Au dos d'un cliché, il écrit :

« Les murs les plus forts s'ouvrent à mon passage. Regarde. »

Pas de prison d'image pour Picasso. Il a fait le tour de la vision, il peut voir de partout à la fois, face, profils, dos, squelette. Il va aussi loin que possible en 1913 et 1915, dans une totale solitude à Paris, en se photographiant devant ses tableaux les plus audacieux. Il se déshabille, pose en caleçon, puis torse nu, un vrai striptease, devant *Homme assis au verre.* Auparavant, en casquette, il joue au truand. Il sait qu'il est en train de faire, en peinture, le casse du siècle. Froid, déterminé, tueur. La banque va sauter à cause de ce petit bonhomme dans un atelier du boulevard Raspail ou de la rue Schœlcher. Que fait là cet Espagnol qui n'est pas parti pour la boucherie de la guerre ? Un anarchiste ? Sûrement. Un terroriste planqué, un agent allemand, un espion trahissant nos vaillants soldats qui tombent au champ d'honneur.

Le plus flagrant, dans ces auto-exhibitions de Picasso, à 33 ans, devant l'objectif de la mort, c'est la présence insistante d'instruments de musique accompagnés de signaux de boisson. Violons, bouteilles, verres, guitares, mandolines, clarinettes, le tout sonnant avec du papier journal. Nouveau jour, insurrection et résurrection. Les photos et l'image de mon corps passent, mes tableaux, par-delà la mort, restent et resteront. Pari fou, puisque personne, sauf lui, ne se doute de ce qui a lieu. Les murs les plus forts viennent de s'ouvrir, destruction, reconstruction. Les murs ont des oreilles, ils jouent de la musique, comme le prouve cette photo, *Construction au joueur de guitare* de 1913. Picasso, peintre évadé en atelier, est lui-même un instrument musical : photo.

Un détail passe inaperçu : un grand nombre de ces documents exceptionnels ont été glissés dans un portefeuille de cuir, avec cette dédicace : « Eugenia 28 septembre 1916. »

Cette Eugenia est inconnue. On connaît Fernande, Eva, Olga, Dora, Marie-Thérèse, Jacqueline, mais pas la dédicataire du strip-tease effectué par Picasso pour lui seul et ses « constructions ». Le génie protecteur du lieu — mais quel lieu ? — s'appelait Eugénie en 1916, soit un an après la tragique disparition d'Eva.

Jusqu'à la fin de sa vie, Picasso a conservé un merveilleux tableau classique de sa jeunesse, qu'il a photographié, en 1914, au milieu de sa grande percée au-delà des murs de la représentation. C'est *La Fillette aux pieds nus.* Elle est très belle, très pure, elle règne sur le bric-à-brac du fou de la rue Schœlcher. On remarque quand même une équerre suspendue au mur et, par terre, un bloc de pierre à peine dégrossi, dont les commentateurs nous disent plaisamment qu'il « pourrait symboliser la dure résistance du réel ». Il ne leur viendrait pas à l'esprit que cette pierre est philosophale et s'apprête, sous la protection d'une Béatrice populaire, à devenir un cube parfait.

Picasso a peint cette petite fille en 1895, à l'âge de 14 ans. La légende veut qu'il s'agisse d'une petite mendiante payée par ses parents, à Málaga, pour servir de modèle au jeune génie de la peinture (il est très doué). C'est une magnifique toile figurative : la fillette est assise, robe rouge et écharpe blanche, visage rond, bouche cerise boudeuse, cheveux châtain clair, grands yeux noirs mélancoliques. Elle est en effet pieds nus, les mains croisées sur sa cuisse gauche. Il est impossible de la considérer sans émotion, tant elle semble au-delà du malheur.

En 1904 (il a 23 ans), Picasso exécute, à La Corogne, un portrait à la mine de plomb sur papier d'une petite fille très vive, regard ouvert, avec un chapeau l'auréolant d'innocence. Il s'agit bien de Conchita, sa deuxième sœur, morte à 8 ans de la diphtérie. Conchita est un diminutif pour Concepción, son vrai prénom. C'est un ange, et la mort de cet ange a été un vrai drame pour son grand frère. Celui-ci a raconté qu'il avait négocié avec Dieu (ou l'au-delà) le serment suivant : si Conchita survit, je renonce à la peinture. Aurait-il tenu sa promesse ? C'est peu probable. En tout cas, la ressemblance entre les deux petites filles est frappante, et c'est elle, Concepción, qui accompagne Picasso jusqu'à la fin, tragédie, souvenir, remords.

Tout se joue dans l'enfance, bien entendu, et le vert paradis des amours enfantines peut se transformer en enfer. Picasso est allé plusieurs fois en enfer, et il est pour moi évident qu'Eva, son grand amour, morte en 1915 (en pleine création fiévreuse du Minotaure), est une apparition de Conchita. « Ma jolie », « J'aime Eva », « Eva sur son lit de mort », c'est clair. Il a vécu avec cette fine fleur, Eva Gouel, de son vrai nom Marcelle Humbert, qu'il a photographiée en kimono, droite, translucide, main droite ramenée sur la joue, bras gauche le long du corps, une merveille comme un homme en rencontre peu dans sa vie. Ils sont ensemble, en secret, à Céret, à Avignon, à Sorgues, surtout, à la villa « Les Clochettes », puis à Paris dans l'atelier du 242 boulevard Raspail. Trois ans d'amour fou, et la mort, surmontée par le splendide *Arlequin* de 1915, sentinelle constellée du néant. Eva, Lola, Conchita, mes enfants, mes sœurs. Il faut quand même regarder l'endroit où Picasso a placé l'inscription « Ma jolie » dans *Femme à la cithare*, et « J'aime Eva » dans sa femme nue « cubiste » : à la place du sexe. Il est précis. Eva est la sœur brève et paradisiaque d'Adam Picasso. Après quoi, c'est la guerre dans la vie privée (Olga, Dora), avec des pauses de compensations rondes (Marie-Thérèse).

Prenez le 21 janvier 1939 : le matin, Marie-Thérèse, le soir, Dora. Même sujet : *Femme allongée avec un livre.* Elles lisent (tu parles !) en attendant le Minotaure. Non pour Dora, oui pour Marie-Thérèse. Deux tableaux le même jour. Comme il l'a dit lui-même : « Si j'avais dû changer d'appartement chaque fois que j'avais une affaire de femme, j'aurais passé mon temps à déménager. » Secret Minotaure : il ne révèle rien de ses aventures, organise sa clandestinité, ne fait confiance à personne, construit des lieux et des situations étanches, passe de la fureur jalouse au rêve voluptueux, va de la femme qui pleure à celle qui plane. De là, il remonte vite à sa chambre, c'est-à-dire à son atelier, où il est divinement seul. Pas de ménage : « la poussière est mon amie ». Plus de manège : les murs sont à lui.

Imaginons : ma sœur Anne est plus douée et plus libre, on vit dans une époque décomposée, elle joue très bien du piano, et je l'appelle Nannerl, pour rire, en me comparant à Mozart. C'est ma sœur, mais aussi ma petite cousine, ma Constance, ma Pamina, ma Suzanne, ma Conchita, mon Eva, ma Lola. On dissimule nos identités, on va vivre en Italie, en Espagne. Elle se marie, a deux enfants, se démarie, me retrouve dix ans après comme si de rien n'était. Mais c'est mon histoire avec Lucie que je raconte, ma Lucie de Bordeaux et de la rue du Bac, les cinq à sept féeriques, au début du 21e siècle, en France, à Paris. La nouvelle Inquisition est niée, on la baise.

Au Moyen Âge, on aurait vite été dénoncés et brûlés pour hérésie et sorcellerie. Aujourd'hui, plus la surveillance technique augmente, plus les possibilités de liberté s'accroissent pour les systèmes nerveux éprouvés. J'admire le système nerveux de Lucie, concentration et détente. Ni vue ni connue, et, à l'extérieur, *dans le film*, aussi sérieuse et insoupçonnable qu'une héroïne de Hitchcock.

Comme elle habite rive droite, et moi rive gauche, nos chemins ne se croisent jamais. Je ne vois personne de son milieu, peu de chances de se rencontrer en public. Si cela se produit, sang-froid de professionnels, « bonjour, comment allez-vous ? ». Aucune marque particulière d'intérêt, pas de conversation rapprochée, pas le moindre signe d'intimité. C'est une bonne nageuse du néant social : tout le monde croit tout savoir, alors que personne ne veut rien savoir.

Manet et Picasso ont compris tout cela très vite, comme le prouvent leurs décisions d'ateliers. Pour les écrivains, c'est moins clair : Proust s'enferme, mais souffre visiblement de l'absence de sœur. Céline a sa danseuse à domicile, mais préfère son chat. Seul Rimbaud a eu deux sœurs étonnantes : les frères, frustrés, lui en veulent encore à mort sur ce point.

Avec le règne de l'image incessante, il fallait s'attendre à la disparition de la peinture (laquelle n'a jamais été une image, sauf pour les sourds), disparition, surtout, du peintre et de son corps singulier. Rien de plus révélateur que la rage impuissante et la haine que suscitent, si on écoute bien les grognements des nouvelles classes moyennes, des exceptions comme Picasso ou Manet.

J'ouvre, par exemple, un roman de ce bon vieux nihiliste de Houellebecq, et je lis cette éructation :

« Le portrait de Dora Maar par Picasso, qu'est-ce qu'on en a à foutre ? De toute façon, Picasso c'est laid, il peint un monde hideusement déformé parce que son âme est hideuse, et c'est tout ce qu'on peut trouver à dire de Picasso. Il n'y a aucune raison de favoriser davantage l'exhibition de ses toiles, il n'a rien à apporter, il n'y a chez lui aucune lumière, aucune innovation dans l'organisation des couleurs ou des formes, enfin il n'y a rien chez Picasso, absolument rien qui mérite d'être signalé, juste une stupidité extrême et un barbouillage priapique qui peut séduire certaines sexagénaires au compte en banque élevé. »

Une autre fois, toujours aussi inspiré, il dit qu'il préfère Kandinsky, Pollock, Mondrian, et même Chagall, peintres chez lesquels on aurait du mal à trouver la moindre femme. Plus de dessin, donc plus de femmes. Le plus amusant, ici, est l'expression d'une jalousie sexuelle intense. Picasso la mérite, et Manet aussi. Il faut toujours écouter les gens qui se mettent à parler de peinture, ça les dévoile instantanément. Plutôt n'importe quelle abstraction que l'*Olympia* ou *Le Déjeuner sur l'herbe.*

Les individus nés après 1968 se divisent en deux catégories : dépression et ressentiment d'un côté ; ignorance et conformisme de l'autre. On peut dire qu'ils sont sinistrés, et que la propagande du Système a atteint son but. Sexe raté, déferlant, monnayable, banalisé ou absent, ça revient au même, sur fond d'alcool pour les plus âgés et de drogue pour les plus récents. Hétéros ou gays, sentimentaux ou obsédés, le fonctionnement est le même. Le fait nouveau est une formidable ignorance de l'Histoire, dissoute dans un présent permanent, sans cesse décomposé et recomposé.

Comment Lucie a-t-elle échappé à ce *réglage* ? D'abord l'enfance à Bordeaux, dans une famille à demi anglaise. L'argent, le vin, l'art de vivre, l'éveil précoce des sensations, la curiosité vite satisfaite. C'est le vert paradis des amours enfantines, les courses, les chansons, les baisers, les bouquets, les violons vibrant derrière les collines, avec les brocs de vin, le soir, dans les bosquets. On reste dans le luxe avec son mariage, son divorce, son unique enfant, c'est-à-dire une autonomie et une liberté souple. Des études brillantes, *classiques*, beaucoup de séjours, très jeune, en Italie, puis (archéologie) en Égypte. Vif intérêt pour l'art, surtout pas contemporain, à l'opposé des bourgeoises qui dissimulent de cette façon leur profonde inculture. Comme elle est très peu « cinéma », elle est carrément étrange. Autant dire qu'elle n'a pas vraiment d'amis, même pas, à l'horizon, « l'amie à qui on dit tout » (sauf les détails).

On ne la voit pas s'embarquer dans un cirque à la milliardaire-Bommier, avoir des opinions politiques, feuilleter les magazines branchés, traîner au ministère de la Culture ou dans les galeries, participer à des biennales ou des festivals, croire à la suprématie de New York, applaudir à l'exhibition d'un homard dans le château de Versailles ou à la délocalisation du Louvre dans les Émirats arabes. Elle s'en fout, Lucie, elle sait reconnaître un bon vin d'un moyen, un papier collé de Picasso d'un de Braque, un vrai diamant d'un faux, un véritable amateur d'un escroc. Elle trouve la déliquescence générale *normale*, haussement d'épaules, léger rire, moue rapide. Elle est souvent à Rome et Venise, ou dans son château du Bordelais pour surveiller ses chais. Nous n'irons pas à Bordeaux ensemble, à quoi bon. Je la vois très bien dans ses vignes, et je n'oublie pas Anne, à 12 ans, pendant les vendanges, portant son panier bourré de raisins violets.

Le temps est venu de réinterpréter le monde, car sa folie financière et sa transformation insensée n'ont que trop duré. La vieille nature, en colère, multiplie les avertissements, mais tient quand même le coup dans certains endroits de l'ouest de l'Europe. C'est là, à partir de ce cap d'Asie, que le *décrochement* a eu lieu, et rien ne dit, contrairement aux nouveaux prédicateurs de l'Apocalypse, qu'il ne se reproduira pas un jour. Qui attendait Manet en 1863 ? Personne. Picasso en 1909 ? Personne. Tout à coup, quelqu'un est là qui voit tout différemment, parce qu'il vit différemment. On s'étonne, on s'exclame, on s'indigne ? Trop tard, et pour longtemps. On peut aussi décider, un siècle après, d'*éradiquer* ces phénomènes. Après avoir été religieux, totalitaires, fonctionnaires, publicitaires, les nouveaux imposteurs sont devenus purement techniques. Achetez, communiquez, consommez, communiquez. Allez-y, allez-y, vous n'empêcherez pas l'éclaircie.

Ce soir, Manet sort sur les boulevards, Paris est une fête. Il repère vite deux ou trois jeunes femmes intéressantes, c'est un *serial painter*, comme on dit *serial killer*. Il en drague une qui s'ennuie, lui offre un verre, la fait parler, l'écoute à peine, mais commence ses croquis mentaux de très près. Et puis il se lance, l'étourdit, la submerge de mots d'esprit, la fait rire, lui donne rendez-vous pour le lendemain dans son atelier. Elle viendra. Il faudra éviter qu'elle rencontre celle qui vient de s'en aller, mais ça n'a pas d'importance. Le monsieur est élégant et sérieux, trop sérieux la plupart du temps, mais il paye bien les séances de pose, et comment refuser d'être *peinte*, c'est-à-dire au centre mouvant des formes et des couleurs ? Les hommes ne voient rien, et lui se jette en détail sur votre substance intime. Il n'a aucun geste déplacé, il n'est pas difficile de lui céder et, bien qu'il soit marié, peu de femmes doivent lui résister. Il est gai, il brosse à grands traits, le résultat est époustouflant, rien à voir avec les grimaces photographiques. Jamais je ne me suis sentie aussi bien fouillée, enveloppée, comprise. Il faudra revenir pour deux ou trois séances ? C'est fatigant, mais d'accord.

Il paraît qu'il est connu et considéré comme scandaleux, je me demande pourquoi. Ses barbouillages ne ressemblent à rien d'autre, c'est vrai, mais il est charmant, et c'est l'essentiel. N'allez pas croire, il a des *amies* qui passent dans son atelier, et n'ont pas l'air effarouchées de vous trouver là. L'une d'elles, très sympathique, s'appelle Méry. Il a des amis aussi, notamment un poète obscur, un peu coincé, mais, paraît-il, génial. Il se tait beaucoup, pendant que l'autre fait son portrait et parle.

Il n'est pas mal du tout sur le canapé, le poète, penché, pensif, avec son cigare. Il appelle Manet « [s]on faune », ou quelque chose comme ça.

Picasso n'est pas tranquille au Bateau-Lavoir. Barcelone lui manque. Il demande, une fois de plus, à Fernande de poser nue devant lui. Elle l'aime, mais elle en a un peu marre. Elle ne voit pas du tout où il veut en venir avec son histoire d'éventail. Il est inquiétant, à la fin, avec ses « recherches ». On a envie de lui dire : « Cherche moins et trouve, ne fais pas comme si j'étais une autre alors que c'est moi qui suis là. » Mais il semble sûr de trouver, il est têtu comme une mule ou, plutôt, comme un taureau, il a des visions, il pense que la vraie réalité n'est pas du tout celle qu'on croit voir. Un de ses amis peintre s'est suicidé après une histoire d'amour compliquée, c'est peut-être ça qui le tourmente. Il m'a emmenée dans un village d'Espagne (quel ennui), mais le temps passe, je vieillis et je n'ai toujours pas d'enfant. Pablo est exceptionnel, surtout au lit (parfois trop), mais il ne veut pas d'enfant pour l'instant. L'adoption ? Il freine. J'ai parfois l'impression qu'il préfère la peinture à la vie. Aura-t-il un jour du succès ? J'en doute, et ses « Demoiselles » sont franchement des horreurs.

On est encore loin, avec Fernande, de la brusque ascension sociale de Picasso, Ballets russes, mariage avec Olga, changement de décor, beaux quartiers, voiture avec chauffeur, passion noire et enfer conjugal. Il a fait beaucoup d'enfants à des femmes différentes, et il les a peints, les plus beaux portraits étant ceux de son premier fils, Paulo. Beaucoup de mères à l'enfant dans cette période inspirée. Sa propre naissance, sa mort, il n'a pas peur des zones interdites. Les femmes lui en voudront beaucoup d'être aussi au courant.

Manet, lui, c'est le célibataire marié intraitable. Pas question d'installer du désordre à la maison, la maison étant le piano, cercueil musical, résurrection sous les doigts de Suzanne. Manet rentre, un peu fatigué, il s'affaisse sur le canapé et écoute sa femme avant le dîner. Degas a voulu peindre cette scène, mais Manet, très susceptible sur sa vie privée (et pour cause), a coupé la partie de la toile qui représentait Suzanne. Censurer Degas, ce n'est pas rien. Mais c'est toujours la même chose : *on n'entre pas chez Manet*, tout ce qu'il y a à savoir de lui est dehors. On n'entre pas non plus dans la vie privée de Haydn, c'est étrange.

Cache-toi, le ciel t'aidera. Sur ce thème, il y a deux écoles. L'une, encore romantique, considère qu'il ne faut jamais apparaître, entretenir la pression là où elle fait mal, être absent en le faisant savoir, rester irrepérable. Elle a comporté de grandes figures, qui n'ont pas pu éviter d'être considérées comme « authentiques » après leur disparition. C'est l'écueil de cette attitude sacrificielle, figure de la radicalité antérieure, impraticable aujourd'hui. L'autre se conçoit comme une guérilla : apparaître, disparaître, réapparaître, redisparaître, et ainsi de suite. Elle est dangereuse parce qu'elle est épuisante, et peut rendre illisible le plus important. Mais une fois démontré que plus personne ne sait lire, la question d'une transmission improbable se pose sur le long terme et vise non pas un ensemble, mais des singularités. De toute façon, le pari revient toujours sur l'imprévisible.

Picasso peut faire très rude, déformé, compact, mais c'est toujours beau. La même femme peut être enchantée ou affreuse, c'est selon son humeur, ses dispositions, ses règlements de comptes. Il sait ce qui est laid, il sait d'autant mieux ce qui est beau. Nous avons maintenant affaire à des corps restreints qui ne savent plus ce qui est vrai ou faux, laid ou beau. Donc, tout est laid, tout est faux. Les sorcières de Macbeth sont à la manœuvre.

L'indifférence active de Manet le protège. À vingt mille lieues sous les glaces, il fait surgir des fleurs. On peut lui couper la jambe, il vous offre une asperge, une pivoine, un bouquet de violettes, des prunes, des citrons, une passante, une femme qui lit, une autre au perroquet, des femmes, en tout cas, qui ne font rien d'autre qu'*être*. Même Suzon, la serveuse du *Bar aux Folies-Bergère*, ce sous-marin fabuleux, ne fait rien. Elle est la serveuse, à peine ennuyée, du rien. « Ne travaillez jamais ! » semble-t-elle dire. Ce que disent aussi, dans leur insurrection, les *Demoiselles* de Picasso, ce joueur infatigable, aux antipodes du Travailleur.

Un collectionneur veut acheter la *Botte d'asperges* de Manet, cette mitrailleuse. Il lui en offre 1 000 francs, à quoi Manet répond qu'il ne vend que 800 francs. L'autre insiste, Manet empoche ses mille francs, et lui envoie le lendemain une seule asperge (suivez mon regard), chef-d'œuvre supérieur à la botte. Il reprend donc l'avantage par ce cadeau (« il en manquait une ! »), potlatch, poker, valeur d'usage contre valeur d'échange. Les peintres et l'argent : tout un roman. Picasso, lui, ne veut vendre à aucun prix sa sculpture de guitare de l'époque héroïque. Non, non, il ne la vendra pas, quelle que soit l'offre faramineuse en millions de dollars. Un conservateur de New York a un trait de génie : il propose à Picasso d'*échanger* sa guitare contre un Cézanne. Et là, soudain, il accepte. L'art n'est pas évaluable en argent ? Extraordinaire blasphème.

Une asperge vaut plus qu'une botte d'asperges, c'est une botte secrète d'escrime, à la fin de l'envoi, je touche. Vous n'entendez pas la musique de ma guitare, mais si Cézanne en a joué, je vous la donne. C'est gratuit, puisque ça n'a pas de prix. Je tiens beaucoup à mon asperge et à ma guitare. Si vous saviez ce que nous avons pu faire ensemble. Regardez, regardez, écoutez, touchez.

Cette asperge crémeuse à bout violet en a vu de toutes les couleurs, le temps passe, elle fait toujours saliver. Manet a pris soin de la signer vers le haut de la première lettre de son nom, *m* en minuscule, lointain oiseau désinvolte. La guitare métallique et désaccordée de Picasso, elle, vous racle un air inaudible. Seul un virtuose futur en trouvera la clé.

Ne vous y trompez pas, le programme *Destroy* est bien celui-ci : intégrez-vous ou désintégrez-vous, soyez convenable ou détruisez-vous vous-même. Ouvrez n'importe quelle feuille locale de la France profonde, je ne sais pas, moi, dans le Loiret, la Creuse, la Corrèze, le Cantal, l'Ardèche, les Vosges, le Jura, la Lozère, et vous verrez des habitants *normaux* dans leurs différentes activités sportives, restauratrices, éducatives, culturelles, de bon aloi. Les fêtes sont toujours réussies « dans un climat bon enfant », les morts ne sont pas morts mais « nous ont quittés », et la preuve est leur photo toujours souriante.

Mettez maintenant, juste à côté, un magazine branché, n'importe lequel, où la pensée destroy s'exprime à plein régime. Rock, cuir, albums, drogue, visages décavés, trash, gore, images virtuelles, cinéma, slogans pseudo-libertaires. Essayez de deviner lequel de ces enfants heureux des familles provinciales passera, pour sa promotion, de l'un à l'autre support. Cette petite fille renfrognée, là, méchante, est-elle déjà possédée du Démon ? Ce petit garçon pas très net, sombre, est-il déjà en train de gueuler dans un micro ? À vous d'anticiper, de prophétiser. Des *prédestinés* sont en gestation, et le crime, comme les violences naturelles (inondations, tremblements de terre, incendies), est de plus en plus difficile à comprendre, voire à admirer de façon romantique. Les sœurs Papin, qui plaisaient tant aux surréalistes, n'ont plus la vocation.

C'est une aide-soignante, laide et affable, toujours prête à rendre service (comme son mari, charpentier et membre du conseil municipal), qui étouffe huit de ses nouveau-nés après s'être accouchée toute seule, et qui garde les corps près d'elle dans des sacs plastique. Une autre, tout aussi laide et tranquille, entreposait ses bébés dans son congélateur. Le plus drôle, si on peut dire, c'est que les maris, selon leurs déclarations, n'ont jamais remarqué les grossesses successives de leurs femmes. Elles sont un peu corpulentes, soit, mais un aveuglement de cette ampleur jette une lumière rasante sur les coïts de base. Comment voulez-vous demander à ces braves gens de regarder un tableau ? Sauf un truc contemporain, peut-être. « Que pensez-vous de ce homard suspendu dans le château de Versailles ? — Ah, c'est amusant, ça plaît aux enfants. »

Rien de plus difficile à faire qu'un portrait. On voit tout de suite si le peintre dessine de l'intérieur, s'il radiographie ou pas son modèle, s'il maîtrise les moindres métamorphoses de son sujet. On a appelé le 20e siècle celui de l'abstraction, et c'est tout dire pour désigner le refus de la difficulté. Manet et Picasso sont des portraitistes de génie, mais il a fallu attendre une exposition au Grand Palais, en octobre 1996, pour voir rassemblés les portraits éblouissants de Picasso, son art puissant, raffiné, inquiétant, violent. Il y a donc eu très longtemps, et il y a toujours, gêne et censure sur ces séries de figures féminines en cours de transformations. Il y a les Françaises positives : Fernande, Eva, Marie-Thérèse, Jacqueline, avec une négative : Françoise Gilot. Il y a les étrangères positives-négatives (surtout négatives) comme Olga et Dora, mais aussi une splendide positive, Sara Murphy. Pas une seule Espagnole, mais Jacqueline a séduit Picasso parce qu'elle parlait espagnol. Voyez-la en Lola de Valence, d'après Manet, le 4 octobre 1955. Lola de Valence, ou Lola de Málaga et de Barcelone ? Jacqueline est la dernière femme de Picasso, sa sœur, qui le guérit vite de sa grande crise des années cinquante (surveillance communiste, hostilité de Moscou).

En 1919, au retour de la guerre, Braque se plaint du nouveau style « ingresque » de son ami. « C'est la virtuosité de son tempérament », dit-il, peiné et jaloux. Braque sait très bien qu'il ne peut pas peindre un *portrait*, surtout pas de femme. Il sera suivi par la NRF, trop contente de se débarrasser de cet épineux problème, puis par l'offensive abstraite américaine et, finalement, par tout l'art foutoir contemporain. Pas de femmes ! Pas de femmes ! PADFAM ! Picasso ? TRODFAM !

Il a ses « trous noirs », Picasso, on les aurait à moins. En 1935, par exemple, où il ne crée presque rien. Il a sur le dos la folie de sa femme légitime, Olga, celle, bientôt, de Dora, et il va y avoir la guerre d'Espagne. Le poète communiste Eluard tient absolument, comme preuve d'une amitié fraternelle, à lui offrir sa femme, la jolie Nusch. Picasso dira plus tard à sa jeune amie Geneviève Laporte (encore une positive française) : « Nusch était admirable [on peut le vérifier sur les photos de Man Ray], et Paul voulait que je couche avec elle. J'aimais beaucoup Nusch, mais pas pour ça. Paul était furieux. Il me disait que je n'étais pas vraiment son ami pour refuser… Parfois, il allait à l'hôtel avec une prostituée. Nusch et moi, on l'attendait au café, en bas, en bavardant. »

La poésie d'Eluard, le 3 juin 1936, illustrée par Picasso, est loin de Mallarmé ou même d'Apollinaire :

La rive, les mains tremblantes,
Descendait sous la pluie
Un escalier de brumes
Tu sortais toute nue
Faux marbre palpitant
Teint de bon matin, etc.

Ce que Picasso pense de tout ça ? Il le dit crûment à Mougins, pendant l'été de 1937 : portrait criard d'Eluard en travelo, ou plutôt en grosse bonne femme. Le tableau choque beaucoup ses amis. Pour Nusch, c'est l'ambivalence : soit elle est vaporeuse, frêle, fragile, diaphane, « égyptienne », soit elle a un sourire carnassier terrible. Elle est double, comme les autres, un peu moins dangereuse, peut-être, mais ce n'est pas sûr.

En vérité, ces messieurs sont bizarres à échanger leurs femmes entre eux. Aragon, lui, plus conscient de son homosexualité, se contente d'Elsa. Mais Gala, la femme d'Eluard, passe par Max Ernst, avant d'être sacralisée par Dalí. Pas de portrait d'Aragon par Picasso, Matisse s'en charge. On ne voit pas Aragon proposer Elsa à Picasso, le Parti n'a pas eu à intervenir.

En 1935, Picasso a 54 ans, la guerre d'Espagne et *Guernica* vont bientôt changer de nouveau sa vie et redoubler sa gloire internationale. Le danger, dix ans plus tard, viendra de plus en plus des communistes et de Françoise

Gilot, qui, après deux enfants avec lui, accusera Picasso de vouloir qu'elle en fasse un troisième afin de briser sa carrière de peintre. En effet, *elle peint.*

Elle l'attaque donc de deux côtés à la fois : en insistant sur sa propre amitié avec Matisse, dont Picasso *doit* être jaloux (ça amuse Matisse d'encourager cette petite affaire), et en soignant son avenir communiste. Picasso vieillit, pense-t-elle, il est plus ou moins fini. Elle le quitte donc pour un jeune peintre communiste, le vieux Minotaure n'ayant plus qu'à s'effacer devant les lendemains qui chantent.

Le Minotaure, à 70 ans, malgré les Russes et les Américains, est loin d'avoir dit son dernier mot. Matisse lui a « légué ses odalisques » ? Très bien, Picasso va s'occuper maintenant des « Femmes d'Alger » de Delacroix. Ne parlons pas de la grande fantaisie qui va de Manet à Vélasquez, du *Déjeuner sur l'herbe* revisité aux *Ménines* délocalisées.

Jacqueline-Lola, vers la fin, tient bien le choc, comme le prouve la *Femme sur un oreiller* du 10 juin 1969, ou la *Femme assise* du 14 septembre 1971. Picasso date tout avec précision, ses toiles sont des journaux intimes, le temps circule en elles comme du sang. Cette femme tient bien dans un fauteuil, elle a une « mirada fuerte », comme on dit en espagnol, un regard fort et noir qui fait exploser le Minotaure dans ses *Étreintes* finales, l'amour et la mort en face, toujours. De l'audace, encore de l'audace, toujours de l'audace, par exemple en septembre 1968 (tiens, une drôle d'année), dans *Raphaël et la Fornarina*, en pleine action érotique, sous l'œil du pape, sans parler des dizaines de *Peintre et son modèle*, où on voit que, contrairement à saint Matisse, cet Andalou ne respecte rien.

Picasso et Jacqueline habitent *La Californie*, dans le sud-est de la France. C'est là qu'elle se suicidera après la mort du Minotaure (à 92 ans). Elle n'a pas voulu peindre ni avoir d'enfant (elle a été mariée, elle a eu une fille). Le 5 octobre 1954, elle est là, assise de profil dans un fauteuil, jambes repliées. C'est un fusain, d'une rare élégance. Concentration, énergie, il a bien choisi.

À part *Guernica*, Picasso a peint trois événements historiques : *Bacchanale*, en août 1944, pour la Libération de Paris (clin d'œil à un Poussin de 1638) ; en 1945, un *Charnier*, révélation des camps d'extermination ; et, en 1951, *Massacre en Corée*, bonjour glacial à l'armée américaine sur fond d'*Exécution de Maximilien* de Manet. La peinture n'est pas une peinture d'histoire, elle est l'Histoire. Picasso la traverse de part en part, jusqu'à annoncer son devenir-robot. La vérité est une déesse, non pas la déesse *de* la vérité, mais la déesse-vérité elle-même. Il faut un grand désir volant permanent pour la retrouver et l'embrasser.

La présence des dieux grecs dans la vie et l'œuvre de Picasso demanderait une étude spéciale. C'est là qu'il est le plus gênant dans un temps désacralisé mécanique. Il se monte la tête, passe sur ses proches comme un rouleau compresseur, n'écoute que ses flûtes de Pan, rend les femmes plus ou moins folles comme un Dionysos ressuscité, prend des bains turcs, torée tout l'après-midi, sculpte, ramasse ce qu'il a sous la main, l'utilise, une selle de vélo fera l'affaire, il a son crâne de bronze bien en main, il le tient.

Manet, lui, est dans un surplomb actif : à quoi bon chercher dans l'Antique, Paris est le centre du monde, et le monde, comme le demi-monde féminin, ne demande qu'à s'offrir à lui comme une fleur. Dionysos peut apparaître en taureau quand ça lui chante, mais il peut aussi prendre la forme d'un brillant causeur, dont le pinceau ne tarde pas à sortir du fourreau.

Deux anarchistes : l'un avec son masque « communiste » (tu parles !) au service de mousquetaires ou de pirates improbables ; l'autre intensément dans *l'angle,* sous des airs de civilisé dégagé. Deux bombes à retardement, en somme.

On ne fait pas l'amour avec des personnes sociales. Les hommes de son milieu ennuient Lucie, d'autant plus que leurs femmes sont idiotes. Les homosexuels n'aiment que les femmes chastes. Lucie n'a aucun goût non plus pour les mièvreries naturistes de *L'Amant de Lady Chatterley*. Certes, je suis l'amant de Lady Lucie, mais je n'ai rien d'un jardinier idyllique. Un type, dans un train, me demande si je suis l'auteur de *Belle du Seigneur* : je réponds oui, pour rire, puisqu'il s'apprête à descendre à l'arrêt suivant. Je pourrais inventer d'autres histoires : je ne suis pas écrivain, mais peintre, mes toiles se vendent très bien sur le marché international. Il est vrai que, si c'était le cas, je ne voyagerais pas dans le TGV Atlantique, mais en jet privé ou en hélicoptère, comme les grands artistes de notre temps. Je suis un raté, c'est clair, et content de l'être.

Ce TGV traverse d'ailleurs, à partir de Poitiers, de merveilleux paysages où des vaches blanches se multiplient peu à peu. Connaissez-vous le village de Lusignan,

2 855 habitants, et son église romane que vous apercevez de loin en passant ? Ce lieu est pourtant hanté par Gui de Lusignan (1129-1194), roi de Jérusalem en 1186, fondateur des Lusignan à Chypre, en 1192. Le train passe à toute allure, mais si vous avez vos antennes métaphysiques, vous percevez un halo mi-murmure mi-couleur violette dans les environs. Quelqu'un veut vous parler depuis un rideau d'arbres, mais vous n'avez pas le temps de l'entendre. C'est dit : je m'arrête un jour à Poitiers, je loue une voiture, et je vais passer deux ou trois jours à Lusignan. Je descends à l'hôtel *Montespan*, deux étoiles, mais tant pis, la marquise est du coin, elle a peut-être laissé un message dans l'air.

Attention : je suis sur le territoire de la fée Mélusine, aïeule légendaire de la maison de Lusignan, laquelle peut se métamorphoser partiellement en serpent et déclencher bien d'autres prodiges. Une rencontre imprévue m'attend là, j'en suis sûr. Rendez-vous dans un autre roman, puisque la vie est un roman. Ce roman, je le filme intérieurement en permanence comme antidote aux caméras de surveillance. À partir de lui, je peux mieux diriger les prélèvements qui sont pratiqués sur moi, photos, vidéos. On peut m'évacuer en images, je tiens le vrai script, la contre-archive cryptique.

Le plus amusant est de vérifier comment les preneurs d'images n'ont aucune conscience de l'importance du son. Je parle, ils n'écoutent pas, ils me *cadrent*, ils ont une confiance absolue dans leur appareillage optique. Ils sont sourds, ils prennent une peinture en photo. Tout le monde doit être d'accord : ce que le type dit n'a aucune valeur.

Un tableau que personne n'a osé peindre, et qui aurait été le bienvenu pour contrer l'influence désastreuse de David sur la peinture, aurait été : *Charlotte Corday en train d'assassiner Marat dans sa baignoire.* Charlotte de Corday d'Armont a 25 ans, elle est très belle, elle est révoltée par la mise à mort de ses amis girondins. Elle demande un rendez-vous au sinistre et pustuleux directeur de *L'Ami du peuple*, elle le poignarde dans son bain, il hurle, le sang gicle partout, elle est arrêtée et guillotinée. Personne ne la fête ni ne la commémore, ce qui prouve qu'un Girondin révolutionnaire est seul dans un pays de rentiers du crime. Qu'y a-t-il de plus infâme que ces noms : Hébert, Marat, Couthon, Fouquier-Tinville ? On a vu récemment un écrivain français, et non des moindres, célébrer, dans un tableau-croûte imaginaire, les abrutis sanguinaires du Comité de salut public. On l'a félicité pour ça, c'est normal.

Je rêve, moi, d'un autre tableau sublime, renversant tous les préjugés. On y verrait une jolie brune en robe bleue et chapeau noir, genre Méry Laurent, ayant caché un couteau de cuisine dans son sac. Il serait légendé ainsi, au nom de la vraie peinture révolutionnaire :

À CHARLOTTE CORDAY
MANET.

L'hôtel où Charlotte était descendue à Paris, avant d'appâter Marat par une prétendue liste de dénonciation des Girondins en fuite (il s'apprête à noter les noms pour les envoyer à la guillotine), s'appelait *Hôtel de la Providence.* Difficile au dieu de la peinture de faire mieux.

Marie-Anne-Charlotte était la descendante directe de Corneille. Elle lisait beaucoup, notamment Plutarque. Son arme était un gros couteau, acheté de bon matin, le 13 janvier 1793. En fin d'après-midi, tous les peintres du passé et de l'avenir étaient vengés par la mort symbolique de l'auteur de l'épouvantable *Sacre de Napoléon.* Elle mérite ce vers de Virgile : « Le souvenir reste profondément gravé dans le cœur. » Le verbe latin, ici, est *manet.* Toutes les représentations qu'on a de Charlotte Corday sont conformistes, y compris celle, opportuniste, de Sade. C'est vraiment la femme la plus refoulée de l'Histoire de France. Essayez de parler d'elle, vous verrez. Bien entendu, Manet ne peint pas la scène de l'assassinat, mais celle de l'achat du couteau de *cuisine.* Regardez les mains de Méry, le manche noir, la lame d'acier. Elle est de profil, il fait beau et froid, le soleil brille. Marat, ce porc, n'en a plus pour longtemps. Elle sait où elle va, elle ne tremble pas.

Petite corrida chez Manet, mais le roman continue, et les murs s'ouvrent à son approche. L'insolente *Olympia* vous montre la voie. S'agissant de la question-clé du *châtrage*, le héros qui a résisté à tout, l'Arlequin, le Pierrot, le Centaure, le Minotaure, est évidemment Picasso. Que d'histoires ! Que de crises de nerfs ! Que de jalousies, de drames, de secrets, d'hystérie, de pressions, de contorsions, de passions ! La révolution, au 19e siècle, s'appelle Manet, et, au 20e siècle, Picasso. On ne s'en est pas encore rendu compte dans toutes les dimensions. Picasso est tellement gênant que le désir quasi général est de liquider ce toujours jeune vieillard lubrique. Il a survécu à Staline, à Hitler, à Franco, à Pétain, mais pourra-t-il tenir debout devant Hollywood et la Bourse ? Devant le Net ? Devant la *photo* ?

Au printemps 1937, dans son atelier du 7 rue des Grands-Augustins, à Paris, Picasso est en train d'exécuter son grand *Guernica*. Dora Maar le photographie en pleine action. Il est pris de trois quarts, il remue, comme un cuisinier ou un peintre en bâtiment, son pinceau dans une tasse. Il grimace un peu, il est laid (alors que, d'habitude, il est très beau devant l'objectif). Le tableau est en noir, gris et blanc, pas la peine d'insister, il est aussi célèbre que la *Joconde.* La guerre d'Espagne est perdue, mais lui l'a gagnée.

Il joue, il rejoue, il perd, il gagne, il reperd, il regagne. Le pouvoir est au bout du phallus-pinceau, lequel est aussi un œil perçant qui voit de partout à la fois : *omnispection.* Après l'épopée « cubiste » (qui continue jusqu'à la fin en coulisse), son embardée dans la figuration est très mal vécue par ses suiveurs d'avant-garde. C'est un traître, perdu pour la vraie recherche (tu parles !). Aux yeux de l'académisme, c'est un terroriste, à ceux des « abstraits » un fossoyeur d'illusions. Comme tous ces braves gens s'entendent bien sur le cas Picasso ! On dirait qu'il a osé cette formule inacceptable :

« Le monde appartient aux femmes,
c'est-à-dire à la mort,
là-dessus, tout le monde ment. »

Eh oui, tout le monde ment, et c'est bien là le problème. Manet n'a pas menti, Picasso non plus. Mais cet Andalou va droit au combat dans l'arène. Il n'a aucune envie d'être un peintre ou un poète « maudit ». Il mène donc, constamment, plusieurs existences à la fois. Une conversion apparente aux apparences sociales (Ballets russes, mariage chic avec Olga), et une autre, clandestine, organisée, sauvage.

Ah, le méchant, qui est passé du Bateau-Lavoir aux beaux quartiers ! Quel arriviste, quel bourgeois, quel *médiatique* ! Il aurait fallu rester entre soi, dans la marge, c'était le bon temps, avant la guerre, de l'audace partagée ! Il ne fallait pas s'occuper de danse, de décors, de spectacle, ni surtout aller en Italie en 1917. Maudite Italie, délétère Pompéi ! Funeste Rome !

Un témoin, qui est du voyage, écrit le 24 février 1917 :

« Picasso travaille dans un magnifique atelier derrière la Villa Médicis. On lui monte des œufs et du fromage romain, il refuse de sortir quand la peinture le possède. »

Et le 16 mars :

« Les gens du monde, très snobs d'art, font grande fête à Picasso qui se refuse et reste digne de cette solitude courtoise, privilège des véritables maîtres. Quel exemple quotidien de probité sublime, de simplicité laborieuse ! Je l'admire et je me dégoûte. »

Cet amoureux transi s'appelle Cocteau, et il écrit ici à sa mère.

Mais il y a aussi ce témoignage d'un Italien à Paris :

« Picasso allait jusqu'à faire preuve d'une grande hostilité contre tout ce qui, en peinture, n'est que désordre et convention de la bohème, car, sous le couvert de la fête et de l'insolence, se cachait souvent une absence de véritable amour de l'art. »

Et voici qu'à la faveur des rêves, ma sœur Anne resurgit sous forme de Lucie. J'ai 9 ans, elle 12. On joue beaucoup, et c'est moi qui invente les scènes. Exemple : nous sommes deux explorateurs perdus dans un désert brûlant. Nous allons mourir de soif, c'est sûr, à moins de trouver un point d'eau miracle. Le miracle est là, pourtant, dans le jardin, à 30 mètres, une fontaine bien en vue, dont il suffit d'ouvrir le robinet. Non, attends, pas tout de suite, il faut aller aux extrémités de nos forces, attends, attends, attends encore. L'angoisse devient réelle, elle monte, elle déborde, et c'est maintenant à qui atteindra le premier, en courant, la fontaine, pour boire, avec la main, *comme on n'a jamais bu.*

Ou bien, je suis Roméo, et elle Juliette. Je la crois morte, alors qu'elle n'est qu'endormie sous l'effet d'un narcotique puissant. Je m'abats sur elle en sanglotant, j'en profite, avant de m'empoisonner, pour baiser ses lèvres encore chaudes. Juliette se réveille, voit le corps de Roméo mort, se poignarde à son tour, tout en embrassant les lèvres encore chaudes de son mari secret. Pas mal, mais pas plus de deux ou trois fois. Ou alors, le début de l'acte II dans *Le Songe d'une nuit d'été.* Nous sommes dans une clairière moussue dans un bois près d'Athènes. La lune brille. Elle est la Fée, elle chuchote : « Par la colline, par la vallée, à travers les buissons, à travers les ronces, par les parcs, par les haies, à travers l'eau, à travers le feu, j'erre en tous lieux, plus rapide que la sphère de la lune. » Le jardin noir obéit à sa voix.

Je passe sur d'autres jeux, moins innocents, qui choqueraient la lectrice, pour en venir à la grande qualité de Lucie, celle d'être immédiate dans les séances, bouche, main, murmures. Un futur propriétaire du studio de la rue du Bac pourra faire poser une plaque dans la rue. Elle dira :

ICI, AU DÉBUT DU XXIe SIÈCLE,
UNE JEUNE FEMME DISCRÈTE ET UN ROMANCIER FRANÇAIS
ONT EU, EN FIN D'APRÈS-MIDI,
DES RENCONTRES INTENSES.

Ça changera des plaques funéraires des rues de Paris (date de naissance, date de mort), comme celle qu'on trouve pour Manet, au 5 rue Bonaparte, dans le 6e.

Faire l'amour de façon satisfaisante permet d'accumuler du temps. On gagne une semaine d'avance, la maîtrise de soi s'accentue, la pensée vise mieux ses cibles, on reparle sa propre langue. Adieu, brume, brouillard, pluie, nuages venteux, mauvais rêves, voix hostiles. On sait ce qu'on veut, on le peut, les taxis roulent plus vite, les cèdres vous saluent, les rendez-vous sont expédiés, on s'exprime à vif, on abrège. Surtout, on compose mieux, allegro, adagio, presto. Haydn revient sous les doigts de Suzanne Manet, ce sont ceux de Lucie, d'Eva, de Méry, sonate 52, grand palais en pleine ville, avec oiseaux planants invisibles. Je rejoins mon bureau, la terrasse aux rosiers grimpants, le store vert, le silence. Tout le monde est en train de partir, bonsoir, bonsoir. Je revois Lucie dans huit jours, bonsoir.

Suzanne jouait du Haydn sur le corps de Manet, excellent massage. Picasso, lui, jouait de la guitare sur le corps d'Eva. Au début de 1913, dans l'atelier légendaire du 242 boulevard Raspail, on pouvait voir, accrochée au mur, une guitare jouée par la construction d'un guitariste de papier journal. Tous les jours, musique. Il y a une bouteille de vin sur la table, la peinture est à la fois musique et vin, le roman est là.

Et Dieu dans tout ça ? Il est passé dans une autre dimension, peu bavarde. En 1941, Claudel lit une biographie de Manet. Il s'étonne dans son *Journal* :

« Pas une fois, il n'y est question de Dieu. Comme c'est triste ! C'est comme si Dieu n'existait pas. Il n'en a aucun besoin. Mais quel délicieux peintre, surtout dans ses dernières années ! » (Voilà qui permet d'évacuer l'*Olympia* et *Le Déjeuner sur l'herbe.*) « Ses fleurs, ses femmes, ses fruits ont une qualité de fraîcheur, de pulpe, de succulence inégalée. Elles émanent quelque chose qui s'adresse à tous nos sens. Portrait mystérieux de cette Méry Laurent, maîtresse de Mallarmé (et de bien d'autres). On ne voit que les yeux et la bouche sous la voilette. Ces étoffes moelleuses et soyeuses, laines, soies, fourrures, ça ressent le toucher. Cette dissymétrie piquante des portraits, Berthe Morisot, qu'il épouse par l'intermédiaire de son frère. Incomparable bêtise et injustice, comme toujours, de la critique et des officiels. "C'est un pionnier", dit Zola. Il viendra quelqu'un de convenable, qui arrangera toutes ces recherches à notre goût. Il ne sait pas dessiner ! Dans la Création, les critiques tiennent le même rang que les mouches et les punaises. »

On surprend ici Claudel en pleine tentation sensuelle, mais le nom de Mallarmé n'y est pas pour rien, même si Méry Laurent n'a pas voulu de lui, le trouvant trop sale (inutile de dire que Manet était très soigné). Les poètes et les peintres, grand sujet, surtout à une époque où il n'y a plus ni poésie ni peinture, mais une invasion permanente de mouches et de punaises dans le flux de l'imagerie. Baudelaire, au fond, n'aime pas les nouvelles femmes de Manet. On l'entend dans cette lettre de 1865 :

« *On se moque de vous* ; les *plaisanteries* vous agacent ; on ne sait pas vous rendre justice, etc., etc. Croyez-vous que vous soyez le premier homme placé dans ce cas ? Avez-vous plus de génie que Chateaubriand et que Wagner ? On s'est bien moqué d'eux cependant, ils n'en sont pas morts. Et pour ne pas vous inspirer trop d'orgueil, je vous dirai que ces hommes sont des modèles, chacun dans son genre, et que vous, *vous n'êtes que le premier dans la décrépitude de votre art.* J'espère que vous ne m'en voudrez pas du *sans-façon* avec lequel je vous traite. Vous connaissez mon amitié pour vous. »

Drôle d'ami, en l'occurrence aveuglé par la jalousie, qui ne voit pas la révolution opérée par Manet, et la guerre prolongée qu'il va gagner contre la bêtise ambiante. Baudelaire doit de l'argent à Manet, et il n'aime pas le portrait trop vrai qu'il a fait de Jeanne Duval, muse, oui, mais muse malade. Victorine Meurent, elle, est éclatante de santé. Baudelaire insiste encore dans une autre lettre, du 24 mai 1865 :

« Dites à Manet que la petite ou la grande fournaise, que la raillerie, que l'insulte, que l'injustice sont des choses excellentes, et qu'il serait ingrat s'il ne remerciait l'injustice. Manet a des facultés si brillantes et si légères qu'il serait malheureux qu'il se décourage. Jamais il ne comblera les lacunes de son tempérament. Mais il a un *tempérament,* c'est l'important, et il n'a pas l'air de se douter que, plus l'injustice augmente, plus la situation s'améliore à condition qu'il ne perde pas la tête. »

Et le lendemain :

« Manet a un fort talent, un talent qui résistera. Mais il a un caractère faible. Il me paraît désolé et étourdi du choc. Ce qui me frappe aussi, c'est la joie de tous les imbéciles qui le croient perdu. »

« Caractère faible », Manet, alors qu'il est seul contre tous ? Que la presse est déchaînée contre lui, que les autres peintres font la gueule, que la foule se rassemble devant ses tableaux pour en rire grassement ou leur cracher dessus ? Le lynchage de Manet laisse Baudelaire indifférent (et sourdement envieux), mais il faut dire qu'il a eu aussi sa dose de haine. L'erreur, ici, est de supposer que Manet est « romantique », ce qui n'est sûrement pas le cas, pas plus que Watteau, chez qui Baudelaire, dans *Les Phares*, voit des « lustres qui versent la folie à ce bal tournoyant ». Et si Manet, avec son « tempérament » et ses femmes insolentes, était en train de porter un coup mortel au romantisme, et déclarait l'éternel retour transformé du 18e siècle ? S'il faisait vieillir à vue d'œil les *Mémoires d'outre-tombe*, *Les Fleurs du mal*, Delacroix, et tous les opéras de Wagner ? Si c'était un nouvel aristocrate à l'attaque ? Un fanatique de l'anti-Mort ? Un prophète dans la renaissance de l'art ?

Le danger est en effet sérieux, et la foule ne s'y trompe pas, pas plus que les journalistes. Manet ? Fanfaronnades ! Rodomontades ! En réalité, il est très dangereux, il faut l'étouffer, c'est un terroriste froid et subtil. Manet dira sur la fin (il meurt à 51 ans) :

« Les attaques dont j'ai été l'objet ont brisé en moi le ressort de la vie. On ne sait pas ce que c'est d'être constamment injurié. Cela vous écœure et vous anéantit. »

Antonin Proust, ami d'enfance de Manet, dira après sa mort :

« L'œuvre de Manet, qui est considérable, l'eût été plus encore, si l'acharnement de ses contemporains contre lui n'avait pas été aussi violent. »

Un autre de ses amis :

« Depuis 1878, Manet souffrait constamment. Chose curieuse, la présence d'une femme, *n'importe laquelle*, le remettait d'aplomb. »

C'est ce même Antonin qui a noté :

« C'est curieux comme les républicains sont réactionnaires quand ils parlent d'art. »

Manet, qu'on a finalement amputé de sa jambe gauche, a été, à n'en pas douter, comme Rimbaud dans d'autres circonstances, *L'Amputé de la Société.* Le mousquetaire Picasso, plus tard, vengera tous ces crimes :

Sade, enfermé,
Nerval, suicidé,
Hölderlin, enfermé,
Baudelaire, paralysé,
Manet, amputé,

Van Gogh, suicidé,
Rimbaud, amputé,
Nietzsche, interné,
Artaud, interné,
Bataille, marginalisé,
Céline, exilé.

Il faut donc titrer : *Picasso, l'évadé.*

Manet, sur la fin, ne peint pas que des fleurs, mais aussi des fruits, des pêches ou des prunes, dont il orne parfois ses lettres. Ainsi, cet envoi à Isabelle Lemonnier, en 1880 : « à Isabelle / cette mirabelle / et la plus belle / c'est Isabelle ».

Une branche d'iris, une pivoine, un bouquet de violettes, une châtaigne, un citron, un jambon, un saumon, une huître, un couteau, un éventail, on comprend sa stratégie : convoquer tous les sens à la fois, capter le regard, évoquer l'air, déclencher l'envie de toucher, laisser entendre le bruit des couverts, donner à sentir le parfum, *faire venir l'eau à la bouche.* Dessin, couleurs, envoi : tout mon corps est là.

S'il a besoin de femmes, *n'importe laquelle,* c'est bien qu'elles sont porteuses de toutes ces sensations à la fois. Les hommes pérorent, les femmes sentent, même si elles n'en sont pas conscientes. Méry Laurent « à la petite toque », par exemple, est une prune sublime, une glace, un bouton de rose, elle fleurit parce qu'elle fleurit, elle est, comme Lucie, *sans pourquoi.* Il n'y a que du *comment*, jamais de *pourquoi.* L'atelier est un théâtre de *comment* et si la rue du Bac pouvait parler, on entendrait son chuchotement jusqu'aux Tuileries et au Louvre, de l'autre côté de la Seine, là-bas, tout droit.

Ouvrons le journal *Paris*, du 5 mai 1883 :

« Pas de ciel, pas de soleil, des nuages clairs répandent un gris très doux dans le plein air… Le cortège s'arrête au portail de l'église Saint-Louis-d'Antin, où, devant le maître-autel resplendissant de lumière, un catafalque est dressé… Manet entre, suivi de sa famille et d'un petit groupe d'amis, et aussitôt les chœurs religieux éclatent, suivis des soli lamentables de la messe des morts… »

Les derniers bouquets sont là, dans l'atelier de la rue d'Amsterdam, bouleversants de vie et d'élégance. Roses et lilas blancs du 1er mars… « Peu d'hommes ont été aussi séduisants »… Manet : « L'art est un cercle, on est dedans ou dehors, au hasard de la naissance… » Presque personne dedans, beaucoup de monde dehors…

En 1968, à 87 ans, Picasso est plus déchaîné que jamais, et ses « étreintes » provoquent un scandale. Les Américains sont furieux, les communistes aussi. Grâce aux ravages du combattant Picasso, la grande éclaircie rétroactive commence.

C'est précisément en 1968 (décidément, cette date…) qu'Aragon écrit un de ses meilleurs livres, *Matisse, roman.* Il n'a jamais aimé Picasso, il y a eu la grotesque affaire du « portrait de Staline », lui aussi pense que le vieux Picasso est fini, il approuve, avec Elsa Triolet, la rupture de Françoise Gilot. Celle-ci, après son livre *Vivre avec Picasso* (que Picasso, maladroitement, a voulu faire interdire), publie, en 1990, un autre livre sur l'amitié entre Picasso et Matisse. L'accroche est rédigée ainsi :

« Françoise Gilot, peintre et témoin, amie de Matisse, aimée de Picasso, raconte. »

Je répète ses paroles, elles en valent la peine.

Picasso à 65 ans ?

« Figure légendaire, caractère de feu, radical, fantasque, joueur et orgueilleux. »

Matisse à 76 ans ?

« Géant de la peinture, paisible et intense, vivant plongé dans son travail, un homme debout, calme, amoureux de la vie. »

Que veut une femme ? Le contraire d'un homme au caractère de feu, radical, joueur et orgueilleux. Plutôt un géant paisible et intense, un homme debout, calme, amoureux de la vie. Et qui, surtout, vous reconnaît comme *peintre.*

En 1906, déjà, Picasso était choqué que Matisse préfère Odilon Redon à Manet (« Odilon Redon est un peintre intéressant, mais Manet est un géant ! »). Matisse, ensuite, aimait mieux la *Grande Odalisque* d'Ingres que l'*Olympia.* Ces *inclinations* se passent de commentaires. Picasso montera ses prix, par principe, même s'il ne trouve pas preneur aussitôt pour ses toiles. Il demandera automatiquement plus d'argent que le marché n'en offre pour Matisse ou Braque. Une exposition-confrontation Matisse-Picasso, à part quelques grandes réussites locales de Matisse, tourne, évidemment, à l'avantage de Picasso.

Matisse est mort en 1954, quand tout le monde, ou presque, voulait la mort de Picasso. Contre toute attente, celui-ci renaît, développe sa quatrième dimension, rafle la fin du 20ᵉ siècle. Sa fidélité à Manet reste indestructible. Avant de retrouver un animal de cette envergure, beaucoup d'eau coulera sous les ponts.

Le 18 décembre 1968, une galerie parisienne expose 21 gravures du Minotaure, exécutées entre mars et octobre. Thème général : *Raphaël et la Fornarina*, séquences érotiques directes. Les gravures sont présentées dans une salle privée et fermée à clé, *par crainte des représailles policières*. Vous vous frottez les yeux, vous avez bien lu. La police, pourtant, n'est pas intervenue contre cette exposition maoïste. Un an plus tard, à Avignon, Picasso fait scandale aux yeux de la critique anglo-saxonne, « gribouillages incohérents exécutés par un vieillard frénétique dans l'antichambre de la mort ». Avez-vous déjà vu un Américain ou une Américaine admirant *Le Viol de Lucrèce* du vieux frénétique Titien peignant avec ses mains à Venise ? Moi non.

Mais revenons à Manet, en 1870, pendant le siège de Paris. Première chose à faire : mettre les tableaux à l'abri (l'*Olympia, Le Balcon*). Deuxième mesure : envoyer Suzanne et Léon dans le Sud-Ouest (ils seront plus tard à Bordeaux et à Arcachon). À Paris, en septembre, c'est le siège et la guerre :

« On se bat de tout côté à l'entour de Paris... Je ne t'ai pas écrit ces jours-ci, parce que j'étais de garde aux fortifications. C'est très fatigant et très dur. On couche sur la paille, et encore il n'y en a pas pour tout le monde. »

Le 24 septembre, Manet est de garde « au rempart ». Le canon tonne toute la nuit, mais « on commence à se faire très bien à ce bruit » ! Il envoie ses lettres par ballon postal, et signe « ton mari », ou bien : « je t'embrasse comme je t'aime ». C'est bientôt la faim : « On fait ses délices du cheval, l'âne est hors de prix, il y a des boucheries de chiens, de chats et de rats. »

Manet est maintenant artilleur : « Dans ma batterie, on est plein d'égards et de politesse pour moi. » Voilà qui le change de la presse et de la jalousie rampante des mauvais peintres. À Suzanne, toujours :

« Je pense sans arrêt à toi, j'ai rempli la chambre de tes portraits... Je mets avec délice tes chaussettes en laine, elles me sont très utiles car sur le bastion on a de la boue jusqu'aux chevilles. Adieu, ma chère Suzanne, je donnerais l'Alsace et la Lorraine pour être près de toi. »

Le 1er janvier 1871 :

« Je crois que c'est la première fois, depuis que je te connais, que je ne puis t'embrasser un premier jour de l'année. »

Il avait 20 ans quand il a rencontré Suzanne, il en a maintenant 40.

« Je t'ai tant habituée à te dorloter et à te soigner que je dois te manquer bien souvent, pour ne pas dire à tout instant. »

Aucun doute, ce peintre aime sa femme musicienne. Il a son atelier, elle son piano et son fils. Ils ont été dérangés par les Prussiens, les obus tombent rue Soufflot et sur le boulevard Saint-Michel. « Quatre mille personnes sont mortes cette semaine à Paris, de maladie seulement. » Mais ce n'est rien : la répression sauvage de la Commune, « la Semaine sanglante », va profondément marquer Manet. Il peint les barricades, la mort infligée froidement à bout portant, il appellera sans cesse à l'amnistie, et le portrait de Berthe Morisot au bouquet de violettes (1872) est un tableau de deuil, mais aussi d'espoir.

Manet politique ? Mais oui. À Bordeaux, le 18 mars 1871, il voit la nouvelle communauté des propriétaires du pays :

« Je suis allé à l'Assemblée nationale. Je ne pensais pas que la France puisse se faire représenter par des gens aussi gâteux, sans excepter ce petit Thiers, qui, j'espère, va crever un jour à la tribune et nous débarrasser de sa vieille petite personne. »

À Arcachon, le 21 mars :

« Nous vivons dans un malheureux pays… Il nous reste du moins une consolation : c'est de ne pas être des hommes politiques et de ne pas désirer d'être nommés députés. »

Chaque village de France, on le sait, a sa rue Thiers. Il y a bien une petite rue Manet, sinistre, dans le 13e arrondissement de Paris, où l'on voit que Thiers, et les monuments aux morts de 1914-1918, font le poids, et Manet à peine. J'aime ce que Manet a écrit sur le fusilleur Thiers.

Picasso est le savant au fauteuil rouge. Le soleil et les feuillages se jettent à la croisée de l'atelier. Il peint l'opulence inquestionnable, l'anarchie pour les masses, la satisfaction irrépressible pour les amateurs supérieurs. Il a pour lui toutes les femmes des anciens peintres, il a inventé un coup de dés qui abolit le hasard. C'est une musique plus intense, un fleuve majestueux et tranquille, et il ne s'agit plus de peinture, même si les tableaux s'accumulent grâce à une science où chaque chose arrive à son tour.

De temps en temps, il descend de son atelier, et crie à sa femme : « Il en arrive encore ! Il en arrive encore ! » Bon, il déjeunera plus tard, son jambon, son fromage, son vin rouge l'attendent. « Il en arrive encore ! » Comme il s'accroupit cent fois par jour, des milliers de fois, donc, à la fin de sa vie, il s'amuse qu'on lui dise qu'il est en forme sans avoir jamais fait de gymnastique. « Je ne suis pas un peintre, je suis beaucoup plus, mais les gens ne me prennent pas au sérieux. Ils me prennent au sérieux seulement comme peintre. Tant pis pour eux. »

Il faut surtout comprendre qu'une peinture est « une machine à imprimer la mémoire », ses dates, ses lieux, son éternel retour. « Le dessin se transforme en d'autres dessins, en un véritable roman. »

Je vois, je dessine, je peins, je deviens un roman, je publie, j'expose, j'explique, je reviens dans mon atelier, je dors, je continue en dormant.

Je ne suis pas un écrivain, je suis beaucoup plus, mais les gens ne me prennent pas au sérieux. Ils me prennent au sérieux seulement comme écrivain (et encore). Tant pis pour eux.

Ces déclarations de Picasso restent mystérieuses. Elles ne sont ni religieuses, ni mystiques, pas du tout spiritualistes, mais plutôt sportives, d'un sport encore inconnu. Corrida ? Concentration ? Acrobatie ? Libertinage ? Ascèse ? Tout ça, tout ça, en passant par une main qui surplombe l'espace et le temps. La « quatrième dimension » est atteinte, elle a comme effet de faire venir le futur du passé, le passé du futur, le présent de leur rencontre furtive, explosive, atomique. L'éclaircie rétroactive qui se produit ici n'a rien de réactionnaire ou de « passéiste ». Manet pouvait être librement Titien ou Vélasquez, Cézanne Giotto, Rodin Michel-Ange, et, tous à la fois, Picasso. Le dé qui abolit le hasard est un cube magique. On le lance, il tourbillonne, il tombe où il faut.

La peinture et la littérature sont finies ? Aucune importance. L'Apocalypse est déjà loin derrière nous, et la moindre aventure s'éclaire d'une autre lumière. Oh, ce grand jour ! Oh, ces milliers d'années avant J.-C. ! Oh, ce roman partout, à chaque instant, dans les capitales ! Oh, Paris, ville sainte ! Oh, ma sœur Anne dans sa robe bleue à pois blancs ! Oh, Lucie, merveille noire de la rue du Bac ! Oh, psychose américaine effondrée, Bourse épileptique grotesque ! Oh, vous tous et vous toutes, sur cette planète errante qui veut maintenant se raconter en secret.

Dieu, Satan, la légende des siècles, les exterminations et les catastrophes, tout s'est éclipsé. Deux enfants, la main dans la main, se retrouvent dans une clairière. Ce qu'ils font n'appartient qu'à eux. Je les entends rire. Cette petite Anne, toute chaude d'été, est une Lucie. Lucie ouvre la porte du studio, et se déshabille vite. Elle rentre du Caire, les fouilles sont interrompues. Elle vient de s'occuper, aux Eyzies, d'une exposition d'art magdalénien, plein de femmes abrégées sur des parois souterraines, notamment une « Vénus impudique » datant de moins 15 000 ans avant notre ère. Elle mesure 77 centimètres, elle est en ivoire de mammouth, fente vulvaire apparente, découverte en 1864 (un an après l'*Olympia*) à Laugerie-Basse, en Dordogne. Souvenez-vous : cette civilisation s'est propagée dans ce qu'on a appelé la grande plaine européenne, allant du Portugal à la Pologne. C'était avant l'Histoire, son bruit, sa fureur, ses frontières. Tout à coup, je pense au mot *jais*. Un noir de jais.

Les yeux d'Anne, ceux de Lucie, ceux de Berthe Morisot, autant d'yeux de jais à travers le temps. C'est tragique, mais une bénédiction les accompagne, et il suffirait que ces millions et ces millions de regards soient *vus* pour que les témoins témoignent ou, du moins, sachent se taire. Trop de mots, toujours, trop de phrases. On ne vous en demande pas tant. Pendus, empoisonnés, décapités, fusillés, gazés, électrocutés, irradiés, morts de faim en Afrique, vous êtes tous là, encore et encore, dans la terrible lumière du *pour rien*. Roulements de tambours, marches funèbres, sonnerie aux morts, sermons, discours pour justifier le rien ? Inaudibles. Un seul tableau, un seul livre vous sauvent, eux, de l'avalanche du rien.

Ce jour-là, dès l'entrée du studio, je sens que quelque chose n'est pas à sa place. En effet, sur la cheminée, une surprise m'attend. Lucie a dû passer dans la matinée pour installer ici, bien en évidence, le *Bouquet de violettes* (1872) de Manet. Dimensions : 21 × 27. Éventail à tranche rouge, bouquet bleu profond, billet où on peut déchiffrer « À Mlle Berthe » (Morisot), signature à droite.

Lucie l'a-t-elle acheté à la collection particulière à laquelle elle appartient ? Elle en a les moyens, mais elle le remportera le soir même. Elle l'a donc déposé ici, rue du Bac, ni vu ni connu, pour une fête. Quel cadeau, quel anniversaire, quel jardin d'hiver.

Ce petit tableau, très célèbre, est un des plus beaux du monde. Lettre d'amour, message privé universel, science, élégance, violence, douceur. Mon amie, mon enfant, ma sœur.

Un tel *bouquet* agit immédiatement sur ses environs. La rue monte vers lui, la Seine coule dans sa direction, les murs l'écoutent, la cheminée devient un autel. L'éventail fermé est un livre à lire. Être présent dans une chambre où se trouve ce tableau, c'est changer d'yeux, de poumons, de nez, de mains, de jambes. Les violettes ont un parfum de vin, elles viennent du corsage de la destinataire. Une femme en fleur surgit de la nuit.

Il m'est rarement arrivé de dormir ou de faire l'amour sous le regard d'un tableau. Deux fois à New York (De Kooning), trois fois à Venise (Guardi). C'est donc une première à Paris, transmission spéciale. Une grande heure d'attention passionnée, bouquet respiré, lu, pénétré, mangé.

Ce *Bouquet* n'a jamais été dans le commerce, il n'est que très rarement exposé, il appartient (appartenait ?) à la fille de Berthe Morisot, et est resté dans sa famille (n'oublions pas qu'à cause de son mariage avec le frère de Manet, Berthe Morisot s'est aussi appelée Berthe Manet). La tranche rouge de l'éventail représente pour moi une accélération et une dilatation en cours. Il perce le mur du visible et celui du son. C'est un big-bang en peinture.

Résumons : la matière ordinaire de l'Univers, la seule visible, n'est que de 4 %. La matière noire, indétectable, représente 23 % de la masse totale du cosmos, et on l'appelle parfois matière exotique. Mais c'est *l'énergie sombre* qui défie la pensée. Cette force *répulsive*, dont la nature est inconnue, occuperait 73 % du contenu cosmique. C'est elle qui est responsable de l'accélération, commencée il y a environ 3,5 milliards d'années, de l'expansion de l'Univers.

Essayez d'imaginer tout ça : le big-bang, il y a 13,7 milliards d'années, la vitesse de la lumière (300 000 km/s dans le vide), celle de la rotation de la Terre (220 km/s, là, en ce moment même), la vitesse de propagation des sons audibles (340 mètres/s dans l'air, 1 430 dans l'eau, 5 000 dans l'acier), hauteur, intensité, timbre, mais aussi infrason, ultrason. Qu'est-ce qu'une seconde ? Regardez votre montre.

Je dis que ce roman fantastique de l'évolution est sensible dans le *Bouquet* de Manet. Même s'il n'est plus là demain, il habite le studio une fois pour toutes. À partir de lui, on peut jeter un regard sur l'histoire des corps.

Un certain Amédée Canteloube, critique de l'époque dans *Le Grand Journal*, décrit l'*Olympia* ainsi :

« C'est un gorille femelle. La main se crispe dans une sorte de contraction impudique. En vérité, les femmes sur le point d'être mères, et les jeunes filles, si elles sont prudentes, feront bien de fuir ce spectacle. »

Épatant Amédée ! *Il a tout compris !*

De quoi rêvent Manet et Picasso ? D'*évasion.* Ils sont donc prisonniers ? Mais oui, de l'espace, du temps, de leurs contemporains, de la condition humaine. Ils ne donnent pas facilement leur accord sur leur incarnation, et demeurent toujours armés, pinceau aux aguets, revolver dans la poche ou sous l'oreiller. On comprend mieux la passion de Manet pour Rochefort, ce drôle de marquis, journaliste communard, déporté en Nouvelle-Calédonie. *Il s'évade.* Tableau immédiat de Manet, et lettre du 4 décembre 1880 à Mallarmé :

« Cher ami, j'ai vu Rochefort hier, l'embarcation qui leur a servi était une baleinière, la couleur en était gris foncé, six personnes, deux avirons. Je voudrais bien vous voir. Amitiés. »

Il faut des armes. Exemple : Degas exprime son mépris pour la Légion d'honneur. Réaction de Manet :

« Tout ce mépris, c'est de la blague. Il faut avoir tout ce qui vous sort du nombre quand on peut. C'est une arme. Dans cette chienne de vie, toute de lutte, qui est la nôtre, on n'est jamais trop armé. »

Ou bien :

« J'ai toujours pensé que les premières places ne se donnent pas, qu'elles se prennent. »

Ou encore :

« J'ai toujours eu horreur de cette manie d'entasser des œuvres d'art sans laisser de jour entre les cadres, comme on met les dernières nouveautés sur les rayons des magasins à la mode. Enfin, qui vivra verra. À la fortune du destin. »

Il est touchant, ce Manet. Il soupire parfois : « Quand les yeux s'ouvriront-ils ? » Quels yeux ? On mettra tous ses tableaux au musée des yeux fermés, mais on ne sait jamais : ce jeune garçon, là, qui va à droite, à gauche... Une reproduction lui suffit... Il poursuit son enquête... Ses yeux vont peu à peu s'ouvrir... Il est magnétiquement attiré...

Restons lucide : « Les hommes sont partout les mêmes moutons de Panurge. » Quant aux intellectuels qui se croient au-dessus du lot, ils font preuve « d'un peu trop d'éclectisme ». « Nous avons tant besoin d'être soutenus envers et contre tous, qu'un peu de radicalisme n'aurait pas mal fait ce me semble. »

Sport incessant, donc. Les jours rentrent dans les jours, les nuits dans les nuits, un matin est le même qu'un autre matin, un soir le même qu'un autre soir. Les gestes s'enchaînent, se passent le « témoin », comme dans une course de relais, sur la cendrée, avec ou sans haies. Le vainqueur d'Olympie, chanté par Pindare, gagnera l'*Olympia*. Il peut sauter en longueur, en hauteur, à la perche, se défoncer au triple saut, au javelot, au marteau. Il est imbattable au sprint, mais ne craint pas le dix mille mètres. C'est un coureur de fond, mais aussi un plongeur, un nageur. Tout cela mental et en atelier, performance la plus difficile.

« L'art doit être l'écriture de la vie », répète Manet. Un artiste doit être « spontanéiste », vivre dans l'immédiat, la traduction instantanée. C'est comme un escalier, l'art, « il faut gravir les marches d'un coup ». Surtout, « il faut faire ce qui amuse (pas de pensum !) ». Manet et Picasso se sont beaucoup *amusés*. Je les regarde, ils m'amusent. Ils agissent directement dans l'archive en train de se faire, *ils prévoient l'archive*. Manet : « Rien ne m'étonne, tout me surprend. » Et, chez lui, tout surprend constamment.

Manet et Picasso ont fait ce qu'ils ont voulu hier, ils le referaient aujourd'hui. Oui, mais comment ?

Pour des invitations à voir ses tableaux chez lui (puisqu'ils sont refusés partout), Manet fait imprimer des cartons avec des devises. « Tout arrive. » Ou « Faire vrai et laisser dire ». Autrement dit : « Je m'invite chez moi. »

Ce genre d'insolence redouble bien entendu les jalousies et les agressivités. Pour qui se prend-il, ce bourgeois qui refuse nos jugements et méprise l'avancement au mérite ? Pas de Salon pour Manet ! Il s'en fout, il a son salon à la maison. « Vous avez vu ce piano ? C'est sa femme. »

« Ah les femmes ! » dit un jour Manet à son ami Antonin Proust. « Hier, j'en ai rencontré une sur le pont de l'Europe. Elle marchait comme savent marcher les Parisiennes, mais avec quelque chose de plus enlevé. Je la ferai de souvenir, car *il y a des choses qui me restent gravées dans la cervelle.* »

La « cervelle » *grave,* surtout ce qui est « enlevé ». Une femme marche devant vous, on sait immédiatement tout d'elle. Manet est un *marcheur* infatigable (y compris dans le sens argotique du mot), il fait son marché de gravures, d'où la souffrance et l'humiliation d'être attaqué par l'une de ses jambes. Ajoutons qu'une « marcheuse » est une figurante muette dans un opéra ou un music-hall. Cette marcheuse apparemment immobile de Suzon, dans *Un bar aux Folies-Bergère,* vous fait toujours marcher, c'est fatal.

Ah les femmes ! Dix ans après les violettes, Manet, qui n'a plus que peu de temps à vivre, se souvient de Berthe Morisot. Il lui écrit, le 29 décembre 1881 :

« Allez-vous faire un petit tour en Italie ? J'aurais voulu vous voir à Venise, et en rapporter des tableaux certainement très personnels. »

Quoi ? Il aurait pu y avoir, au printemps 1882, une rencontre secrète entre Manet et sa belle-sœur à Venise ? Imaginez ces tableaux, très *personnels,* peints à la Douane de mer, près de la Salute, sur un ponton des Zattere, en barque dans la lagune. Il fait très beau, Berthe sourit, elle se cache derrière son éventail à manche rouge, c'est son geste d'appel favori.

À part Rimbaud qui, lui aussi, n'arrête pas de marcher (bientôt une jambe en moins), il y a un autre marcheur frénétique, un type qui prétend ne penser qu'en marchant quatre ou cinq heures par jour, un cauchemar pour tous les philosophes assis. Ce fou de gambades hallucinées, surtout à partir de 1883, s'appelle Nietzsche. Il a pris le relais de Manet, et s'explique précisément sur son sport dans *Ecce homo*. Un peu plus tard, dans une lettre, il pense aux « petites femmes de Paris ». Il n'est jamais venu à Paris. Dommage.

Mme Jules Guillemet, qui tient, rue du Faubourg-Saint-Honoré, un magasin de mode et de colifichets très réputé, apparaît dans un tableau bizarre de Manet, *Dans la serre*. Il va la serrer de plus près en lui envoyant des lettres où il dessine ses jambes. Bas noirs, bottines, petites guêtres, mollets galbés, pieds finement chaussés sous des jupes un peu retroussées, ce peintre se glisse sous sa destinataire :

« Folie, si vous voulez, chère Madame, mais douce

folie celle-là, et qui me permet de passer très agréablement mon temps. »

Elle trouve ça gonflé, indécent, mais quelque chose en elle frissonne. Aucun doute, il a du talent, elle se sent mise entre guillemets, son mari la surveille trop, elle s'ennuie, cette serre l'étouffe. Sa sœur cadette, Marguerite, reçoit les mêmes insinuations du même auteur, avec dessins d'une marguerite et d'un frelon butineur :

« Je t'aime, on vous le dira souvent, Marguerite, je t'aime un peu, beaucoup, passionnément. »

Manet, en effeuillant cette marguerite, s'arrête avant la fin de la comptine qui dit « pas du tout ».

Tout cela, bien entendu, très courtois, mais plutôt excitant, par bouffées, pour des épouses frustrées ou des jeunes filles en fleurs. Manet est un expert en chapeaux, toques, corsages, capelines, voilettes, charlottes. Son ami Mallarmé écrit sous différents pseudonymes dans *La Dernière Mode*. Qui le reconnaîtrait sous le nom de Marguerite de Ponty ou de Miss Satin ?

Manet envoie à ses correspondantes un chat, un bourdon, un escargot, une hirondelle, une branche fleurie. Isabelle Lemonnier est une de ses préférées, mais elle ne lui répond pas et il feint de s'en étonner : « On vous a vue vous promener le soir, avec qui ? » Il y a aussi une « Mademoiselle B. », à qui il fait parvenir une huître avec crevettes : « Excusez cela, c'est du chic. » Une « Marthe » reçoit une châtaigne entr'ouverte. Une inconnue enfin, un escargot sur une feuille. Il signe : « Amitiés ».

Ces *suggestions* sont fines et rapides, l'écriture d'une rare beauté. En réalité, plus ça va, plus Manet est chinois (pas japonais, chinois). Un chat sous une chaise, dessin au pinceau à l'encre de Chine, ou un arrosoir, lavis du même noir, poussent à fond sa couleur de base. Personne ne se déplace dans le noir comme Manet, d'où ses couleurs.

Le photographe Nadar, qui allait voir Baudelaire, aphasique, dans sa clinique, rapporte un fait étrange : « Baudelaire réclame Manet à cor et à cri. » Le mot que prononçait sans arrêt Baudelaire, après son attaque, était « Crénom ! ». Il faut donc y ajouter « Manet ! ». Au mur de sa chambre, près des Champs-Élysées, le portrait de Jeanne Duval par Manet. Au piano, de temps en temps, Suzanne Manet lui joue du Wagner pour le calmer. On connaît la suite : Nietzsche malade de Wagner, privé de Haydn, privé aussi de « petites femmes de Paris ». On entend quelqu'un crier « Manet ! » dans la nuit.

Le français et le chinois, comme langues, peuvent parler très bien la peinture. On dirait qu'il est fait pour ça, le français, et les meilleurs écrits sur les peintres viennent naturellement de lui, à travers X ou Y. Le chinois est plus directement impliqué, puisque, depuis des millénaires, il trace des poèmes sur le bord des rouleaux de paysages, en y ajoutant des sceaux. Telle peinture, telle poésie, tel propriétaire. Le type calligraphie, voit, parle et écoute simultanément. Vous, vous regardez ça de loin, dans un autre temps.

Un qui s'est voulu chinois, c'est bien Picasso, d'où les papiers collés, l'introduction des mots dans la composition, la musique du jour à travers le journal, par exemple cette encre de Chine tracée sur *Le Soir* du 22-23 décembre 1946. On peut lire à l'envers des offres d'emplois pour sténo-dactylos, vendeurs, représentants, et même une publicité pour le film *Des souris et des hommes.* Le journal est déjà périmé, les nouvelles ont pris du retard, l'art reprend le dessus. Il va jusqu'à dire de *Guernica* : « Plus tard, plus personne ne verra le tableau. On verra la légende que le tableau a créée. »

Il peint souvent la nuit, Picasso. Mais Manet lui répond déjà :

« On peut faire du plein air de chambre en peignant blanc le matin, lilas dans le jour, et orangé le soir. »

Rien n'est jamais acquis. On peint ou on écrit toujours *pour la première fois* :

« Chaque œuvre doit être une nouvelle création de l'esprit… L'œil doit oublier tout ce qu'il a vu d'autre, et tirer une leçon nouvelle de ce qui se présente à lui… La main doit devenir une abstraction impersonnelle, guidée par la seule volonté, oublieuse de toute habileté antérieure. »

Voilà le sport de combat. Vous êtes dans un musée, *à l'arrière*, vous regardez ces tableaux comme *ayant été faits* (donc qui ne pouvaient pas ne pas l'être), vous croyez qu'ils s'adressent à vous, quelle erreur. En réalité, ils sont toujours en train de se faire, ce « en train de » est leur seule intention, ils ne sont ni arrêtés ni finis, ils vivent. La peinture est le seul objet qui continue de vivre en soi et pour soi (mais c'est la même chose pour un livre si c'est un vrai livre). Tout le monde comprend qu'une partition de musique doit être exécutée (certes, il faut savoir la lire, et on peut l'entendre en silence), mais personne n'a l'idée qu'un tableau doit être *joué*, et un livre d'abord écouté. *Qu'est-ce qui se dit* ? Un drôle de *je* qui *dit.*

Picasso, en 1966 :

« Je veux *dire* le nu. Je ne peux pas faire un nu comme un nu. Je veux seulement *dire* sein, *dire* pied, *dire* main, ventre. Trouver le moyen de *dire*, et ça suffit. Je ne veux pas peindre un nu de la tête aux pieds, mais arriver à *dire*. Voilà ce que je veux. Un seul mot suffit quand on en parle. Ici, un seul regard, et le nu te dit ce qu'il est, sans phrases. »

Toujours trop de phrases à propos du nu. Un jour, Manet grogne : « Il paraît qu'il faut que je fasse un nu. Eh bien, je vais leur en faire un. »

C'est l'*Olympia* : scandale.

Mais un tableau de génie, même le plus habillé, est un nu. Berthe Morisot, en grand noir, est nue comme personne. Cette pivoine est un nu, et cette asperge, ne m'en parlez pas, cachez-moi cette botte que je ne saurais voir. Léon, dans *Le Déjeuner dans l'atelier*, est nu comme un dieu grec qui a juste emprunté un habit (et une auréole de canotier) pour être dans les mœurs de son temps (qu'il dépasse de toutes ses forces). Un grand livre est un nu de part en part, dénudant la société et soi-même, raison pour laquelle il y a tant de mauvais livres et d'installations de peintures pour cacher le nu. Le petit-fils de Freud, Lucian, haïssait le nu, et s'en est lourdement vengé par des boursouflures monstrueuses : il en a été remercié à coups de millions de dollars. Toutes les femmes ont peur du nu peint ou écrit, elles font semblant de préférer la photo, la mode, le cinéma, les romans sentimentaux, mais finalement pudeur, crainte, poids, entretien, elles ne pensent qu'au danger du nu. *Sans phrases.*

La très chère était nue, et, connaissant mon cœur,
Elle n'avait gardé que ses bijoux sonores...

Pas de « bijoux sonores » pour l'*Olympia.* Baudelaire se tait. Il vient, pour la première fois, de tomber sur un nu sans phrases.

On peut tout simuler avec des ordinateurs, inventer des peintures ou écrire des livres, c'est-à-dire oublier la main de là-haut, celle qui pense à travers le dessin, la couleur, les syllabes, les rimes intégrées, les voyelles, la scansion elle-même. La *touche* n'est pas là, on ne l'entend pas. Beaucoup de phrases, peu de rythme, et, dès les premières lignes, on s'endort. L'auteur tient à nous raconter son histoire, mais une fois qu'il a fini, que reste-t-il ? Quelques scènes, des dialogues forcés, des descriptions inutiles, bref, un projet de film.

Un film, malgré tous ses artifices, *souffre* de la peinture, comme un roman souffre de la poésie. Les images regrettent la main, elles ont mal aux objets, aux paysages, aux corps. Les phrases d'un roman rêvent d'être apprises par cœur, comme un poème. Vous étouffez vite dans un musée qui vous empêche de voir *un* tableau, vous tournez les pages d'un roman avant de trouver l'issue, vous sortez déprimé d'un film en retrouvant la rue, les passants, la circulation, le froid, la chaleur. Branchez la télévision sans le son, tout grimace. Mettez de la musique, elle s'empare de la projection. Un quatuor de Haydn vous décape les marchés financiers, un solo de Charlie Parker efface le président des États-Unis, un concerto de Mozart fait flotter les guerres. Un tableau filmé vous crie qu'il est infilmable, un vrai livre lu à haute voix récuse les comédiens. Tout ce qui s'annonce comme « culture » est faux, bavard, vide. Les animateurs sont là, vous pas.

Les embarrassés du sexe et du sentiment vont beaucoup au cinéma. J'ai connu une jeune femme, abandonnée par son amant, qui voyait trois ou quatre films par jour, à la chaîne, sinon angoisse et douleur à vif. Elle a visionné ainsi, pendant deux ans, des centaines de *dépresseurs*, dont elle garde un souvenir confus et malade. J'ai essayé, sans succès, de l'intéresser à Manet, et, chaque fois, elle a répondu par une moue dédaigneuse. Picasso, même de loin, lui faisait horreur. Elle préférait le peintre allemand Caspar David Friedrich (1774-1840), ses espaces désolés, glacés, romantiques. En littérature, c'était n'importe quelle romancière anglaise ou rien. Finalement, elle aimait bien mon corps, mais pas ce que j'écrivais : c'est mieux que le contraire.

Qui a aimé le corps de Manet ? Suzanne, sûrement, au début. Victorine Meurent et Berthe Morisot aussi, mais attention, elles ont eu des ambitions de peinture. Méry Laurent est la plus probable pour les deux versants à la fois : corps et peinture. Suzanne était indulgente, Victorine fascinée, Berthe complice, mais quand même jalouse de ce pinceau à palette. Méry pensait qu'il ne faisait qu'un avec ses tableaux. Elle n'y comprenait pas grand-chose, mais elle comprenait mieux que ceux ou celles qui comprenaient mal.

Qui a aimé Picasso ? Eva, sans aucun doute, puisque la passion a été réciproque et scellée par la mort. Je garde devant moi une reproduction de l'admirable « Jolie Eva », intitulé *Le Violon,* peint à Céret au printemps de 1912. Transformer un violon en femme et une femme en violon n'a rien d'évident, surtout lorsqu'il s'agit de bois d'où doit sortir la musique. Le corps d'Eva est un violon sur lequel l'archet de Picasso joue, mais on peut dire aussi qu'elle le fait vibrer comme personne.

Voyez les deux S des *ouïes* (deux S, comme dans Picasso). Ce violon traverse les murs, les cloisons, les vieilles idoles, les fausses rondeurs, la beauté passive. Jamais Ève n'a été plus jolie.

Elle est l'instrument et la partition, le tableau l'affiche dans tous les sens, *il est d'elle.* Picasso est dans la joie du printemps, c'est un virtuose en concert. Ne me dites pas que cette amoureuse n'est pas *ressemblante*, et comparez, pour voir, les deux portraits d'Ambroise Vollard, l'un de Cézanne en 1899, l'autre de Picasso « cubiste » en 1910. Le plus ressemblant est celui de Picasso, peint d'un intérieur sans âge. La vraie ressemblance est donc un rassemblement de forces internes qui se tiennent toutes seules, comme une apparition massive, au-dehors. La *Jeune fille à la mandoline*, de 1910, joue encore de la mandoline, alors que, deux ans plus tard, Eva est bel et bien devenue un violon. C'est plus fort, et, d'ailleurs, une photo de son visage, prise par Picasso, le montre : elle a une belle bouille ronde, c'est un fruit.

Le 19 août 1913, Picasso écrit à Gertrude Stein :

« Nous avons trouvé (Eva et moi) un atelier dans un appartement très grand et plein de soleil. »

Mais deux ans plus tard :

« Ma vie est un enfer. Eva a toujours été malade et chaque jour plus... Je ne travaille presque plus, et je passe la moitié de mon temps dans le métro... J'ai fait pourtant un tableau que je crois à mon avis et à l'avis de plusieurs personnes être le mieux que j'ai fait... Enfin, ma vie est bien réglée, et, comme toujours, je n'arrête pas. »

Picasso, en 1915, a réalisé deux dessins au crayon de la mort d'Eva : *Eva mourante*, et *Eva sur son lit de mort*. Ce sont des exercices d'impassibilité, froids comme la morgue. Son *Arlequin* de la même année dit qu'il va ressusciter en trompe-la-mort. J'ai une dévotion pour cet Arlequin intraitable. Il est allé en enfer, il y retournera plusieurs fois, mais jamais avec autant d'intensité sobre.

Il faut écouter les mots qui composent les éléments d'un violon. De haut en bas :

La volute
Les chevilles
Le manche
Les cordes
Les ouïes
Les éclisses
Le chevalet
La caisse
Le cordier.

Essayez de jouer d'une femme comme ça. Eva y était sensible. La *volute* et le *chevalet*, sans parler des *chevilles* et des *ouïes*, ont des raisons que la raison sourde ignore.

Picasso parle surtout l'espagnol, le français est pour lui une conquête. Quand il n'a plus d'inspiration en peinture (une seule fois, en 1935, en pleine tempête avec Olga), il se met à écrire des proses poétiques sans ponctuation, la ponctuation étant pour lui, dit-il, un cache-sexe. C'est criard, cabossé, surchargé, bousculé et, le plus souvent, absurde. Son délire n'en est pas moins intéressant, il en connaît un bout sur le délire et sa maîtrise. Le français de Manet reste pour lui un mystère, comme une grande raison jamais vue. Saint-Simon, dans son portrait de Mme de Montespan, note qu'il lui arrivait de parler « extrêmement français », c'est-à-dire avec autorité. On devrait appeler *Le Violon* : « Hommage à la langue française ». L'héroïque Eva mérite bien ça.

Quelle langue parle Manet toute la journée ? L'esprit du français, son autorité, sa pointe, ses railleries, sa séduction sur les Parisiennes du temps. Et le soir, chez lui, *le piano* avec Suzanne, sa belle Hollandaise. Mariage réussi, merci chérie.

Le mariage-marécage, au contraire, c'est celui, interminable, de Picasso avec Olga. En quelle langue se parlent-ils ? En français approximatif, puisqu'il n'arrête pas de penser en espagnol, et elle en russe. Il rentre, elle fait la tête, les reproches se succèdent, sa carrière de danseuse a été brisée par sa faute, il a des aventures féminines, sa peinture ne vaut pas grand-chose, etc.

Il n'y a qu'une accalmie : la naissance de Paulo, vite peint en Arlequin par son père, reconnaissance suprême. Olga, d'abord merveilleuse femme à l'enfant, va aller vers la folie, Picasso s'organise. Parmi ses *glissements*, outre Marie-Thérèse, il y a l'énigme Sara Murphy, en 1923, à Antibes, sur la plage de La Garoupe. Sara est une Olga de secours, une sœur qui peut jouer la mère épanouie. Photo : elle le tient par le bras, il pose en maillot de bain, dandy matador. Sara pourrait être une meilleure mère pour Paulo (Voyez la *Femme en blanc*), elle est mariée, mais qu'importe. Noblesse, calme, réflexion, c'est une beauté. Elle a *les bras croisés*, c'est une déesse. Son accent anglais est délicieux, celui d'Olga désagréable, mauvaise voix, comme, plus tard, avec Dora et Françoise (pourtant française). Heureusement, il y a, en cachette, la blondeur et l'accent parisien de Marie-Thérèse. Olga, même affublée d'une mantille, est une Andalouse peu convaincante, surtout à côté du souvenir de Lola. Ah, l'été 1923, le soleil, l'eau, le sable, près de Sara !

Gertrude Stein a bien compris, au début, l'extrême solitude de Picasso :

« On ne doit jamais oublier que la réalité du 20e siècle n'est pas celle du 19e. Pas du tout. Et Picasso était le seul à le sentir en peinture. Absolument le seul. De plus en plus, sa lutte pour l'exprimer s'intensifia. Matisse et tous les autres voyaient le 20e siècle avec leurs yeux, mais ils voyaient la réalité du 19e siècle. Picasso était le seul qui voyait le 20e siècle avec ses yeux et voyait sa réalité, et, en conséquence, sa lutte était terrifiante, terrifiante pour lui-même et pour les autres, parce qu'il n'avait rien pour l'aider, le passé ne l'aidait pas, le présent non plus, et il devait faire tout cela tout seul. »

Sans doute, sans doute, mais, avec le temps, on peut dire que Picasso a été de plus en plus *aidé* par le grand passé, sous une forme inattendue révolutionnaire. Ce passé suractif est venu vers lui pour sauter jusqu'au 21e siècle, siècle qui, lui-même, inaugure la fin du comptage en siècles. *Le Violon* de 1912, celui de la nouvelle Ève, a l'air d'avoir été peint hier matin. On est en 2012 ou 2013 comme en 1912 ou 1913. Libre à vous d'*avancer* plus loin, comme Manet s'est permis de le faire avec Titien, et Picasso avec Vélasquez, pour vous retrouver à Lascaux en compagnie d'Arlequin. Laissez tomber le petit-fils de Freud et sa pâteuse cuisine, dont son grand-père, grand amateur de statuettes égyptiennes, a encore honte. Un peintre qui a eu 15 enfants n'est pas à prendre au sérieux, il ne sent plus son pinceau ni sa brosse, il graisse. Comme l'a dit de lui Francis Bacon : « Sa peinture est réaliste, elle n'est pas réelle. »

Grâce au violon de Picasso, vous pouvez voyager ici, là, et encore ici, et encore là-bas, toutes les époques ont quelque chose de neuf à vous dire. Dans votre bibliothèque, faites pareil, dans votre vie aussi. Je retrouve quand je veux ma petite sœur, on se cache sous les tables ou les lits, dans les granges ou dans les garages, tout va bien, c'est plus fort que nous. Un jour de pluie, dans la véranda, elle me dit tout à coup : « Toi, tu seras toujours seul. » J'aurais dû lui demander pourquoi elle me disait ça, dans le soir rose et mauve, pas loin du bois de bambous où personne n'allait jamais, sauf nous. Elle avait raison, je suis seul, mais avec son ombre. On est nés dans la même courbe, on tourne ensemble, les mêmes scènes reviennent, la maison, les jardins, les escaliers, les greniers, les tapis suspendus dehors, pour être frappés et dépoussiérés, les vitres flambant au soleil, et les nuits, surtout, les nuits sans fin, avec les parfums qui montent.

Je plains sincèrement ceux et celles qui pensent en termes de générations, et croient qu'une génération est faite pour en remplacer une autre, comme si « génération » ne rimait pas avec « corruption ». La jeunesse est idiote, l'enfance inspirée. J'ai toujours écouté avec beaucoup d'attention la mémoire et l'expérience des artistes ou des écrivains plus âgés. Un débutant, quelles que soient ses insolences futures, doit passer par ces rencontres. Il faut respecter ceux qui n'ont pas pu aller plus loin, et, si vous les dépassez, cela se saura un jour ou l'autre.

Le vieux rock, les vieilles drogues, le vieux porno sont là pour user les vieux jeunes, pauvres ignorants bientôt chassés des plateaux. J'en vois certains, sympathiques, s'inquiéter pour rire : c'est l'apocalypse, la fin du livre-papier, la dictature des iPad et autres conneries techniques. Le roman va disparaître (tant mieux, il y en a trop), il n'y aura plus de lecteurs pour moi. Eh bien, tant pis pour toi, pauvre noix, tes angoisses décadentes sont encore du 19e et du 20e siècle. Au 21e, magnifique aurore, lecteurs et lectrices, doués d'un nouveau corps amoureux, découvrent que rien n'a disparu, que tout revient et se fait sentir dans les fibres. Tu peux te détruire et mourir, ça ne change rien.

Lucie, ma sœur, mon violon, mon amour, aime-moi encore. De toute façon, ce violon est aussi mon portrait, il faut vivre avec et le regarder, ou plutôt *l'éprouver*, pour s'en rendre compte. Le laisser là, bien en évidence, jeter un coup d'œil en passant, ne plus y penser, le surprendre à l'improviste. Picasso, en 1912, descend de son Sinaï avec les nouvelles tables de la Loi. Dans sa main droite, un verre d'alcool, dans sa main gauche, le *menu* : « Jolie Eva ». Il avance, il va traverser deux guerres mondiales, la destruction de l'Europe, des millions de morts, des massacres inouïs. Ce tableau est maintenant à Stuttgart, on se demande comment et pourquoi. Plus cocasse, le tableau *J'aime Eva* se retrouve aux États-Unis, dans l'Ohio, à Columbus. De Céret à Stuttgart et à Columbus, la voie est longue, mais pas plus qu'entre ce matin et demain.

Vu de trois quarts, le tableau change encore, il devient plus dangereux, plus massif. Son silence n'arrête pas de vibrer. Les toiles de Picasso étant des *concerts*, il faut devenir soi-même concert pour les comprendre. Pas évident dans le bruit du monde. Une résistance animale est ici requise. Le violon est un coq, la guitare une jument, le joueur un déserteur de tous les pays et de tous les régimes. Il vit en surplomb, comme un oiseau, et se coiffe d'infini comme un pirate. Il finira en mousquetaire, cadet de Gascogne, bretteur et menteur sans vergogne, ou en Chinois immédiat dans l'encre. C'est un « papy lubrique », dira un jeune con, en se branlant mal sur les piteux suppléments d'été « sexe » des magazines. Aucun humour chez ces prétendants.

Le *Prélude à l'après-midi d'un faune*, de Debussy, vous fait-il penser à Manet ? Pas du tout. Le « faune », pourtant, c'est lui, fantasme de Mallarmé. Vous écoutez cet impressionnisme multicolore, mais vous n'entrez pas dans l'*Olympia* qui coupe court à ces miroitements naturistes, à ces moiteurs touffues, à ces vapeurs de pseudo-nymphes même pas poursuivies par Pan. *La Mer* vous endort, alors que l'Océan vous dégrise. *Le Sacre du printemps*, en 1913, remet un peu la musique debout, alors qu'Olga, en 1916, à New York, en est encore à faire la sylphide dans les Ballets russes. Pour Manet, Haydn ; pour Picasso, Bach. Je vais vous révéler un secret : le dieu Pan, insensible à la musique occidentale depuis Mozart, n'arrête pas de jouer du Bach.

Ma sœur Anne m'a glacé, un jour, en me disant qu'un de ses amants aimait beaucoup *Portrait du Joueur*. Je l'ai arrêtée net, pas d'autre homme dans mon jeu, pas d'homosexualité transposée, pas de confidences. Lucie n'a pas pu s'empêcher, une fois, de me demander si les lettres très scandaleuses de Sophie, dans le même livre, étaient « authentiques ». J'ai dit « oui », puisque c'est la vérité, et on en est resté là. Les expériences sont uniques, on ne peint pas deux fois le même tableau, on n'écrit pas deux fois le même livre. Quel rapport, chez Picasso, entre Eva et Sara Murphy ? Aucun, et pourtant la signature est la même.

« Toi, tu seras toujours seul. » Mon premier roman a

pour titre *Une curieuse solitude.* J'entends la voix d'Anne, lointaine, j'ai 22 ans, beaucoup de choses à traverser, d'autres livres à écrire. Dans le chaos actuel, j'aime que le livre, qui rime ici avec Lucie, s'appelle *L'Éclaircie.*

Lucie a insisté pour acheter un certain nombre de mes manuscrits, j'ai fini par accepter, en lui demandant d'en faire don, un jour ou l'autre, à l'université de Shanghai. La somme est plus que confortable : vous prenez le prix en librairie de mon dernier roman, *Trésor d'Amour*, et vous le multipliez par deux cent mille. Aucune évaluation à attendre des Américains. Moi à Paris, mes lignes d'encre bleue en Chine, voilà de la logique, ou je ne m'y connais pas.

Après des années de fermeture, les Chinois traduisent un peu n'importe quoi, mais j'ai réussi à m'infiltrer dans le tas, et il y a même, maintenant, deux ou trois spécialistes de mon cas pendable. De Mao à Zhuangzi, en passant par Casanova, Proust, Céline, sans parler de Parménide, Héraclite, Picasso, Manet ou Mozart, bonjour les dégâts ! J'ai prophétisé, il y a longtemps, la mainmise chinoise sur la planète. Les Chinois achètent désormais la Grèce et bientôt l'Europe, ils tiennent les États-Unis dans leur main, ils sont déjà à Bordeaux où

Lucie a maintenant, pour son château, deux faramineuses propositions de vente.

Quelle joie d'être déchiffré plus tard (*oui, cette ligne-là !*) par une jeune Chinoise *sérieuse* ! Quel moment étonnant de voir un Chinois désinvolte sur les Zattere de Venise, dans les vignes du Médoc, et un autre, en arrêt, devant *Le Déjeuner sur l'herbe*, à Paris, ou *Le Violon*, à Stuttgart ! J'entends d'ici un Chinois ou une Chinoise jouer des sonates de Haydn. J'ai rêvé de ces scènes, à Pékin, sur la place de la Paix-Céleste et au Temple du Ciel. Quelque chose aura lieu, a pensé un jésuite du 17e siècle, quelque chose aura lieu « pour la plus grande gloire de Dieu ».

Là-dessus (appréciez le hasard), je reçois coup sur coup le grand dictionnaire français-chinois, le monumental *Ricci*, et une étude sur Ferdinand Verbiest (1623-1688), un jésuite ahurissant et génial.

Jésus n'en avait pas l'air, mais il était très fort en mathématiques. C'est pourquoi ce fils de Loyola est devenu, peu à peu, Président du Tribunal des Mathématiques à Pékin. François-Xavier échoue au Japon (on brûle vivants ses disciples), mais la Chine s'incline devant la science européenne qui connaît mieux les mouvements du ciel. Embarqué à Lisbonne en 1657, Verbiest arrive à Pékin le 9 juin 1660. En route, il croise un vaisseau anglais dont le capitaine lui demande, en latin, combien le pape de l'époque le paye pour son aventure hautement risquée. En apprenant qu'il n'y a là aucun argent à gagner, cet hérétique traite ce jésuite incompréhensible d'imbécile. De son point de vue, il n'avait pas tort.

Verbiest est bien reçu par l'Empereur, mais est vite en butte aux attaques des lettrés locaux, et surtout dénoncé par un astronome musulman qui finit par obtenir gain de cause. On arrête les jésuites, on les couvre de chaînes, on en coupe un ou deux en mille morceaux (on commence par les extrémités en étanchant aussitôt le sang avec un fer brûlant et de la chaux vive). Mais la Providence veille : Verbiest s'en tire on ne sait comment, et démontre sa supériorité dans l'établissement (crucial) du calendrier. Il développe l'Observatoire de Pékin (une merveille), et finit par fabriquer des canons auxquels il donne des noms de saints ou de saintes. Il reçoit les félicitations du pape Innocent XI, un bienheureux celui-là, qui a eu de vifs démêlés avec Louis XIV au sujet de la régale (sinistre histoire d'argent qui affaiblira beaucoup l'Église de France, obligée de devenir de plus en plus « gallicane », c'est-à-dire, au fil du temps, n'importe quoi).

Ah les jésuites ! Ah la France ! Ah les papes ! Les Chinois et le Saint-Siège ne sont pas en bons termes, c'est le moins que l'on puisse dire, le problème étant toujours le même : il faut à un pays une religion *nationale*, alors que Rome est une multinationale suspecte. Il y a donc, en Chine, deux Églises catholiques, l'une officielle, l'autre plus ou moins clandestine. J'espère ici que ma traductrice chinoise n'a pas de préjugés à ce sujet. *Il ne faut pas couper ce passage sur Verbiest !*

À sa mort, le 28 janvier 1688, à Pékin, Verbiest, comme Ricci avant lui, a des funérailles de star. On fait précéder son cercueil d'un grand tableau sur lequel son nom et sa dignité sont écrits en idéogrammes d'or. Il y a de la musique et des étendards. La croix apparaît dans une grande niche ornée de colonnes et de divers ouvrages de soie. Dans une autre niche, l'image de Marie et de l'enfant Jésus (ce futur mathématicien hors pair) tenant le globe du monde dans sa main. Vient ensuite un tableau de l'archange Michel, et enfin, modestie, un portrait de Verbiest entouré de tous les symboles des charges dont l'Empereur l'a honoré. Un témoin raconte : « Toute cette marche, qui se fit avec un bel ordre, était fermée par cinquante cavaliers. Les rues étaient bordées des deux côtés d'un peuple immense qui gardait un profond silence. »

Verbiest est mort, mais les mathématiques demeurent. Elles sont sévères, infaillibles, universelles, plus anciennes que le soleil et les pyramides d'Égypte. Leurs hiéroglyphes, pleins d'une haleine brûlante millénaire, vous parlent tout bas depuis l'enfance. C'est dans une clairière, la nuit, au clair de lune, qu'il faut voir danser ces trois déesses : Arithmétique, Algèbre, Géométrie. Leur charme multiforme est indescriptible, les tableaux et les livres ne peuvent pas l'approcher.

Un Chinois de l'Antiquité nomme ainsi les lieux extraordinaires de sa connaissance :

Le kiosque de la pluie joyeuse
La salle du prince de l'encre
La terrasse transcendante
La salle de la pensée
La bibliothèque du monastère du parfait phénomène
La salle des mille merveilles
Le studio de l'immobile constance
La salle de la méditation des merveilles

Suivons-le dans cette dernière salle :

« Tu loges dans cette salle, mais qui y trouvera des merveilles ? Détaché du vrai et du faux, marcher, s'arrêter, s'asseoir, s'étendre, tantôt manger et tantôt boire, parler, ne rien dire, tout est déjà là, merveille sous tes yeux.

Insaisissable quand tu médites,
Présente quand tu y renonces,
Comprends d'un bond, réalise d'un coup,
Unique manière d'être dans la merveille. »

Comprendre d'un bond, réaliser d'un coup : on croirait du Manet spontané ou du Picasso instantané. Ils sont chinois, d'accord, mais surtout grecs, et c'est entre 1921 et 1923 (l'Histoire respire) que Picasso redécouvre les dieux et les déesses longtemps niés par l'académisme plâtreux. Ses géantes, ses femmes à la fontaine, ses flûtes de Pan surgissent de la mer Égée, des Cyclades. Voyez cette *Famille au bord de la mer*, peinte à Dinard en 1922. Un homme est allongé et dort, une mère est très attentive, la main gauche de l'enfant a l'index pointé sur la joue gauche du père. Vous ne reconnaissez pas, dans cette scène, Ulysse et Pénélope prenant soin du petit Télémaque ? Vous avez tort : l'*Odyssée* a trouvé de nouveaux acteurs.

Que d'efforts pour cacher ou détourner ces trésors ! Que de falsifications et de gaspillage à propos des corps ! Que de dérobades devant la peinture devenant sculpture ! Picasso s'invente une vie de dieu grec. C'est Zeus polymorphe, mais aussi Apollon, Dionysos, Héphaïstos, Arès, Hermès. Ses femmes, ses filles, ses sœurs s'appellent, selon son humeur, Héra, Athéna, Artémis, Aphrodite. Il habite de grandes villas, il a sa limousine avec chauffeur, il chasse les visiteurs, en foudroie certains. Toutes les salles sont des ateliers, le modèle qui se trouve là est son préféré. L'immoralité règne. Sur ordre de l'empereur de Chine, il est nommé président du Tribunal de peinture et de poésie, poste hautement convoité comme celui des mathématiques. Il fait aussitôt exécuter dix mille peintres et brûler trente mille livres. Personne ne lui en veut, ça dégage.

Il rebaptise *Le Déjeuner sur l'herbe*, *Le Pique-Nique des dieux*, l'*Olympia*, *Léda*, Berthe Morisot, *Danaé*, Méry Laurent, *Jocaste*, Suzanne, *Électre*. Il fait pleuvoir de l'or sur certaines, la folie sur d'autres, la mort sur beaucoup. Une fois ses mauvaises actions accomplies, il remonte dans son Olympe. Ne vous avisez pas de le réveiller quand il dort, d'ailleurs il ne dort que d'un œil.

Voici maintenant mon palais d'été occidental :

Salle du soleil couchant
Salle des fleurs
Kiosque des acacias
Studio de musique
Terrasse des marées
Bibliothèque des phénomènes furtifs
Kiosque des lauriers rouges
Pavillon des mouettes
Salle du soleil couchant
Kiosque de l'arbre noir
Studio de la Grande Ourse
Salle des nuits
Studio de la connaissance des rêves
Salle de la liberté de l'encre
Fenêtre du sud.

Tous les soirs, vers 20 heures, le ballet aérien des mouettes a lieu devant moi. Ce sont mes augures. Elles planent, se renversent, s'offrent, montrent le bout noir de leurs ailes, se taisent très fort, se frôlent, se dispersent, disparaissent, resurgissent et, de temps en temps, bec ouvert, crient ou ricanent. Elles foncent sur moi, arrivent tout près, salut, adieu, c'est comme si elles connaissaient l'endroit, l'écluse, les toits, comme si elles savaient que quelqu'un les observe. Elles sont inexplicables, mais font signe, dans le genre « on ne dit rien, surtout ! ». Elles sont clairement divines. Leurs larges cercles, par pans inclinés rapides, sont un tissu d'équations. À cette heure, elles ne chassent plus le poisson, ne piquent pas vers l'eau, se contentent de voler pour voler, mais pas n'importe où, *ici*, rite et prière. C'est bouleversant de beauté.

Replongeons un peu dans l'Histoire.

En 1925, écœurés par la Première Guerre mondiale, Aragon, Breton, Artaud, et d'autres, signent un texte qui s'intitule *La Révolution d'abord et toujours !* Ils pensent, à juste titre, que la planète est en train de vivre un « état de choses *absolument bouleversant* » :

« Depuis plus d'un siècle, la dignité humaine est ravalée au rang de valeur d'échange. Il est déjà injuste, il est monstrueux que qui ne possède pas soit asservi par qui possède, mais lorsque cette oppression dépasse le cadre d'un simple salaire à payer, et prend par exemple la forme de l'esclavage que la haute finance internationale fait peser sur les peuples, c'est une iniquité qu'aucun massacre ne parviendra à expier. Nous n'acceptons pas les lois de l'Économie ou de l'Échange, nous n'acceptons pas l'Esclavage du Travail, et, dans un domaine encore plus large, nous nous déclarons en insurrection contre l'Histoire. L'Histoire est régie par des lois que la lâcheté des individus conditionne et nous ne sommes certes pas des humanitaires, à quelque degré que ce soit. »

Picasso, à l'époque, aurait-il signé ce texte ? Sans doute, bien qu'il soit, à cette date, en pleine liaison passionnée avec Marie-Thérèse, et pas spécialement ébloui par la révolution russe d'Octobre, très présente dans ce manifeste. Près d'un siècle après, les choses ont-elles changé ? Nullement, elles s'aggravent, et le discours « humanitaire » incessant est là, comme propagande, pour détourner l'attention des massacres. Celui, épouvantable, de la Deuxième Guerre mondiale est déjà loin, mais tout continue, d'une façon ou d'une autre. Breton, plutôt aveugle sur la peinture, sauf pour dénoncer l'imposture du « réalisme socialiste », reprochera à Picasso son adhésion au parti stalinien français, sans évaluer que la nationalité française lui a été refusée, avant l'arrivée des Allemands, en 1940. Laissons ces vieilles broutilles, et gardons seulement ce message de Breton à Picasso, le 16 mars 1936 :

« Admiration de tête et de cœur sans limites. »

La peinture surréaliste ? Passons. Aragon et la peinture ? Matisse, mais on reste au 19e siècle. Artaud et Van Gogh ? Héroïque, mais encore 19e. Cézanne ? Splendide, mais toujours 19e. Les Américains ? Encore 19e dans un énorme faux 20e, dont l'habile Duchamp a su profiter. La pruderie américaine était exploitable, il l'a exploitée. Vient ensuite le rouleau compresseur du cinéma, avec la naissance d'une fausse humanité où la fausse femme a tendance à prédominer. Écoutez Céline, un expert :

« Le cinéma a pris la vie, y a plus rien de vrai, dehors ou dedans… C'est une forme de vie nouvelle, l'éclosion d'un monde à l'envers… »

Il ne faut pas s'étonner, dans ces conditions, de voir les mariages homosexuels proliférer, revendication légitime, normalisation trop attendue, victoire des familles. Il ne faut pas s'étonner non plus si des *croyants* de l'ancien temps s'offusquent, commencent à tirer dans le tas, ou bien, obsédés par leur foi compulsive, se mettent à harceler des femmes qui ne leur ont rien demandé, et vont, dans des chambres d'hôtels, jusqu'à violer des femmes de ménage. Heureux les peu nombreux qui ont commencé très tôt leur éducation sous des doigts de musiciennes (Manet) ou de prostituées séduites (Picasso). Heureux ceux qui n'ont pas eu d'initiatives à prendre, et se sont laissés aller, adolescents, à des figures féminines sensualisées ! Heureux les peintres et les écrivains qui ont séché la morose école et la barbante université, pour enrichir leurs connaissances dans le boudoir des pensées ! Heureux ceux qui, plus tard, retrouvent l'éclaircie de leurs sœurs dans la dévastation générale !

Le photographe Brassaï, très bon témoin, compare un manuscrit de commande de couleurs de Picasso aux *Voyelles* de Rimbaud :

Blanc permanent
  d'argent
Bleu céruléum
  cobalt
Prusse
Jaune cadmium citron (clair)
    de strontium
Laque de garance bitume
    bleue et brune
      violet-bleu
Noir d'ivoire
Ocre jaune et rouge
Outremer clair et foncé
Terre d'ombre naturelle et brûlée
Rouge persan
Terre de Sienne naturelle et brûlée
Vert de cadmium clair et foncé

Vert émeraude
Japon clair et foncé
Véronèse
Violet de cobalt clair et foncé

Je rêve sur ce « Noir d'ivoire » et cette « Terre d'ombre naturelle et brûlée ». Un livre qui n'a pas ces couleurs n'a pas à être écrit ni lu. S'il les a, il se lit lui-même. Le lecteur et la lectrice supposés perçoivent-ils encore les couleurs ? Rien n'est moins sûr. Du coloriage, peut-être, ou du *colorisé*, mais alors on n'est plus dans la nature à réinventer dans l'atelier.

Voulez-vous une phrase parfaite *avec couleurs* ? La voici, et elle est de Rimbaud dans ses *Illuminations* :

« Je baisse les feux du lustre, je me jette sur le lit, et tourné du côté de l'ombre je vous vois, mes filles ! mes reines ! »

Rimbaud ne dit pas « mes sœurs ! », mais on se souvient qu'il en a eu deux, exceptionnelles.

Quel est l'effet d'un grand tableau sur ce qui l'entoure ? D'abord, il n'accepte aucune autre œuvre d'art dans sa proximité. Il trouve déjà ridicule d'être accroché à un mur qu'il n'a pas choisi, sauf dans les églises d'autrefois, par exemple à Venise. Là, ça va, tout est clair, l'architecture convient, le rituel aussi, la musique de même, et les odeurs d'encens, de cierges, de cire, de fleurs font partie du jeu. Je m'appelle Véronèse, j'ai mon église, je peins tout à l'intérieur jusqu'aux volets de l'orgue, je me fais enterrer dans la sacristie, j'ai été compris. Matisse, dans ses merveilleux papiers découpés, a senti ce désir d'envol des parois, ce rêve d'habiter enfin un lieu convenable. Avec lui, le bleu plane et nage, ordre, beauté, luxe, calme, volupté. Mais son flirt final avec des religieuses autour de saint Dominique (chasubles comprises) a beau être touchant, il ne peut pas rivaliser trois secondes avec un plafond de Tiepolo, lequel se trouvait là où il faut, quand il faut. Rien à faire avec le catholicisme *français*. Il s'est trompé, il est mort, paix à son absence d'âme.

Le Violon de Picasso avale vite ce qui est autour de lui : coussins, canapé, tables, fauteuils. Il fait le vide là où il est, s'évade du musée, passe à travers les murs, supprime la foule, la circulation, les communications, la ville. C'est un avion supersonique, une navette intergalactique, une matière noire, une énergie sombre, un quark, un *boson*. Voilà un satellite qui peut changer d'orbite à son gré. Comme le haschisch (Picasso en prenait beaucoup à l'époque), il révèle, dans le monde humain, ce qui se cache derrière quoi ou qui. Les uns, les autres, mais surtout les unes et les autres. Dans ce genre d'expérience, les désirs se démasquent, celle-là ne m'aime pas vraiment, et je finis par préférer sa voisine que j'avais à peine remarquée d'abord. Ah, le bon Afghan bien noir d'autrefois ! Truffe des rires et des visions ! Mon H, jalousement rangé dans un tiroir ! Je sais ce que je lui dois.

Tous les jours, ou presque, à Barcelone, Picasso allait faire ses classes au bordel. Qui n'a pas connu le « Quartier chinois », avant sa disparition progressive, ne sait pas ce qu'une femme censée se vendre peut faire de *gratuit*. Je les revois, ces nymphes rieuses et rondes, attablées sur les Ramblas, assises à leur quartier général, le *Cosmos*. C'est le début de l'après-midi, il fait chaud, elles sont nues sous leurs robes multicolores, jaunes, bleues, vertes, elles battent l'air de leurs éventails, elles ont dans les cheveux des peignes d'écaille. Elles sont excitées, elles jacassent, elles font de loin le tri des clients, et l'une se lève bientôt pour l'hôtel de passe. Au Barrio Chino, c'est autre chose : arrivée en taxi, lumière tamisée rouge, ascenseur, faible musique de fond, chambre à miroirs, peinture réelle de tous les côtés, et là, *en plus*, une merveille de 30 ans admire ses propres reflets et se *désennuie* avec vous, pour peu que vous lui plaisiez, *ce qui arrive*. L'une d'elles m'offre une fois une cravate de très mauvais goût (jaune, je crois), et me propose gentiment de travailler pour moi. C'est l'apothéose. Je l'emmène prendre un verre et écouter une très bonne chanteuse de flamenco. Vous me voyez continuer comme ça ? Gérant de bordel ? Faulkner pensait qu'un écrivain devait s'arranger pour avoir ce métier aux matins tranquilles (sauf le bruit des aspirateurs). Le soir, un rapport *consenti* avec une des professionnelles du lieu, pas du tout « demoiselle », et voilà l'art d'écrire.

Je retrouve évidemment ma sœur dans mes rêves. Ce n'est pas elle, bien sûr, mais c'est elle. Je connais cette maison de rendez-vous, j'attends Anne, il y a des bruits de voix dans les couloirs, des tractations, des altercations avec la tenancière, des colères. La voici enfin. Mais pourquoi, cette fois, est-elle *vietnamienne* ? Aucune idée. Elle me fait signe de me taire, et on va faire l'amour en plein jour dans une grande véranda déserte. Elle est douce, confiante, amusée, technique. Un rêve de ce genre, étreinte qui se déroule dans les deux sens, c'est l'été gagné. Appelons-le « Quartier chinois » ou « Anticyclone des Açores ». Voilà Lola, Eva, Anne, et la jolie Lucie dans mes bras.

En reparlant érotiquement espagnol sur le tard, Picasso rajeunit, reprend confiance en lui, peint ses *Étreintes* explosives, qui font encore pincer les lèvres des Anglo-Saxonnes de tous bords. Il ose dire ce qu'il n'a jamais dit à ce point, à cause de sa course d'obstacles, femmes, guerres, incompréhensions, jalousies. On a essayé de l'user, de le freiner, de l'utiliser, c'est raté. Les Russes et les Américains sont furieux, les Français gênés, son musée clandestin ouvre soudain à Barcelone, *Guernica* revient en Espagne, il aura un palais à Paris, les palais sont sa dimension naturelle, comme l'a prouvé, après sa mort, une exposition à Venise, au Palazzo Grassi. Là encore, il prend la plus difficile des villes en passant par les toits. Je suis là, je n'en crois pas mes yeux, les tableaux sont datés d'un calendrier magique, une autre Venise est fondée dans l'air, pour la plus grande gloire des mouettes, des bateaux, des quais, des pensées.

Il arrive à Picasso de dire des choses comme ça :

« Je cherche à saisir le mouvement de la chair et du sang à travers le temps. »

Ou encore :

« Je peins comme d'autres écrivent leur autobiographie... Le mouvement de ma pensée m'intéresse plus que ma pensée elle-même. »

Le 28 novembre 1969, à 88 ans, il peint un emboîtement homme-femme de toute beauté. L'homme a un chapeau jaune soleil, la femme, mangeuse ou mangée, apporte avec elle une floraison flottante de feuillage. Des mains éclatent ici ou là. Il y a deux figures antagonistes et séparées, mais une seule en rotation. Quatre yeux et un seul regard. Le reste de la toile se distribue en noir terre, blanc ciel, bleu mer. Cette année-là, ce jour-là, comment pourrais-je ne pas y penser, je fête mon anniversaire (33 ans). L'année précédente, il y a eu un *grand printemps.*

Le 14 avril 1971 (il a 90 ans), Picasso peint ce chef-d'œuvre d'éveil rieur et délicat : *Le Jeune Peintre.* Le peintre a désormais tous les âges, il le dit. Le jeune artiste, lui, est gaucher, il a traversé le miroir. Voilà donc, dans un ton pastel dix-huitième, une nouvelle naissance, grise, blanche, bleue. L'expression du visage est aiguë, un peu intimidée, curieuse. Il y a de quoi être surpris, après avoir fait le tour de l'univers, de se retrouver de nouveau ici. Enfin, il va falloir s'y remettre.

Picasso s'est rencontré, il s'est vu de tous les côtés à la fois. Il dit un jour à Brassaï, son photographe préféré (« bonne photo de moi, c'est une prise de sang ») :

« Plusieurs fois, dans ma vie, il m'est arrivé de surprendre une expression de mon visage que je n'ai jamais pu retrouver dans mes portraits. Et c'était peut-être mon expression la plus véridique. On devrait faire un trou dans une glace, afin que l'objectif puisse saisir votre visage le plus intime à l'improviste. »

Il n'y aura pas de trou dans la glace, et il le sait bien. Peinture ou photo, il faut choisir. Le Spectacle veut la photo, il doit donc tenter, par tous les moyens, de rendre la peinture impossible. La photo vise la mort, la peinture sonde le vif. Cela dit, contrairement à ceux qui se méfient des photos ou tentent de garder leur identité d'image, Picasso a laissé se multiplier les photos de lui, sûr qu'il était d'évoluer dans une autre dimension corporelle. Il y en a des centaines, et très souvent, détail important, torse nu. Cherchez sa façon de dire le nu.

Dans son dernier autoportrait, qu'on présente comme pathétique, Picasso ne regarde pas sa mort, mais la mise en orbite (et quelle différence entre les deux yeux dans leurs orbites !) de son corps ultime.

Ça n'a rien à voir.

Une autre fois, il dit à Brassaï :

« J'ai une véritable passion pour les os... Avez-vous remarqué que les os sont toujours modelés et non taillés, qu'on a toujours l'impression qu'ils sortent d'un moule après avoir été modelés dans la glaise ? Quel que soit l'os que vous regardez, vous y retrouvez toujours la trace des doigts... Doigts parfois énormes, parfois lilliputiens, comme ceux qui ont dû modeler les minuscules et délicats osselets de cette chauve-souris... L'empreinte des doigts de ce dieu qui s'est amusé à les façonner, je la vois toujours sur n'importe quel os... Et avez-vous remarqué comment, avec leurs formes convexes et concaves, les os s'emboîtent les uns dans les autres ? Avec quel art sont "ajustées" les vertèbres ? »

Le 24 janvier 1932, dans *Le Rêve*, Marie-Thérèse, la tête renversée en arrière, selon deux profils différents, dort dans un fauteuil rouge, épanouie, mélodieuse, s'embrassant elle-même, complètement livrée au dehors. Mais le

27 janvier, dans le même fauteuil, la voici radiographiée : il ne reste d'elle que des os monumentaux moulés dans la glaise, trois boules, comme des planètes, la situent sur un fond intersidéral. Est-ce le même sujet ? Oui. Et ainsi de suite pour Olga, Dora, ou d'autres. Toutes, d'ailleurs, n'ont pas droit aux os. Elles peuvent devenir pinces ou grues, ou encore pelotes de ficelle.

En recourant massivement à l'incinération (ça fait de la place !), les êtres humains font la preuve qu'ils n'aiment pas leurs os, ou plutôt qu'ils ne les ont jamais considérés comme des œuvres d'art. Picasso, ça se voit, était très à l'aise dans son squelette. Il est descendu l'inspecter, il l'a modelé, pensé, et remonté à la surface. Du même coup, il enterre toute la peinture antérieure, la ressuscite, en comprend la moelle. Ses os se sont revêtus d'un nouveau corps amoureux. Rien de morbide ou de macabre, le contraire d'une « vanité ». Du sport, toujours, y compris dans la mort, moins forte que ce dieu inconnu aux doigts d'ajusteur. C'est entendu, tout revient à la cendre, mais la cendre et la poussière sont des amies. Pas besoin de poses romantiques, genre « dispersion en mer », et autres gestes de comédie.

Avec son humour noir revigorant, Francis Bacon est du même avis :

« Je suis contre l'incinération, parce que je pense que, dans des milliers d'années, si le monde existe toujours, ce sera ennuyeux s'il n'y a personne à déterrer. »

Ou, ce qui revient au même :

« C'est une question très serrée et difficile de savoir pourquoi une peinture touche directement le système nerveux. »

Même question pour un livre.

La mort, les caveaux, la poésie, les cendres… En 1947, Picasso recopie à la plume des sonnets de l'invraisemblable Espagnol Góngora (1561-1627), et se met à dessiner dans leurs marges.

Qu'est-ce qui attire Picasso chez celui qu'on appelle l'Homère ou le Pindare andalou ? La réaffirmation de ses origines, bien sûr, lui, l'héritier direct de Vélasquez. Mais surtout, dans les mots, la souplesse de la subversion technique, l'accent héroïque, la métaphysique des éléments comme irradiés sur fond de néant.

Si une belle femme est morte, on dira qu'elle était « l'orgueil du soleil, les délices du vent ». À une jeune fille en fleur, on conseillera de jouir vite, « du cou, du front, des lèvres, des cheveux ». On célébrera, en hommage à soi-même, sa propre cité natale (pour Góngora, Cordoue), « de tous temps glorieuse par les épées et par les plumes ». On se confrontera enfin à la disparition totale avec une insolence inouïe :

Les urnes plébéiennes, les tombeaux royaux,
Pénètre-les sans crainte, ô ma mémoire,
Retourne tous ces signes de l'être mortel,
Ces os dénudés, ces cendres froides,
Puis descends dans l'abîme, le blasphème des âmes, le bruit des fers et des pleurs éternels,
Si tu veux, ô ma mémoire,
Te libérer de la mort par la mort et vaincre l'enfer par l'enfer.

Le sermon rythmique de cet ecclésiastique génial et suspect (il y en a eu un autre : Gracián) est tout à fait clair, et on se demande pourquoi on le trouve en général « obscur ». Dieu est mort ; tout est silence emporté ; les espaces infinis vont désormais en effrayer plus d'un, à moins de recourir à la discipline de l'ivresse ; les récits, les fables, les romans n'ont plus aucune garantie stable ; l'Amérique est à nous comme une gigantesque hallucination niant l'Ancien Monde ; aucune Inquisition, d'où qu'elle vienne, n'y pourra rien. Pas de sentiments : une nouvelle physique atomique. Pas d'érotisme simplement humain : chaque passage de substance veut jouir de lui-même.

Étrange « chapelain », dont un rapport de police nous dit qu'il assiste rarement aux offices du chœur, qu'il parle trop pendant la messe, qu'il a assisté, malgré les interdictions, à des combats de taureaux, qu'il vit enfin « comme un tout jeune homme, s'occupe jour et nuit de choses frivoles, fréquente des acteurs, et écrit des vers ».

Police du temps, jalousie féroce des écrivains « réalistes » : à tout cela Góngora oppose sa solitude, sa *soledad.* Il écrit des *Soledades*, féeries et opéras invisibles. La solitude n'est pas mélancolique, mais plurielle, c'est une fête douce, violente, bondissante, cascadante, tournante : nymphes, silènes, amazones, bacchantes, festin des dieux. Comme dans les toiles de Picasso, la réalité se déroule selon « la poudre du temps le plus strict ». Il faut vaincre, ou violer, une surdité de base : « La mer n'est pas sourde, l'érudition trompe. » Le soleil, les oiseaux, les arbres, la brume, les rochers, tout est tenu par le son.

« Le nombre croît, les voix se multiplient. » Les îles, au loin, sont une « flotte immobile ». Le fleuve « fait de sa blanche écume autant d'oreilles qu'il lave de pierres ». « Il n'est pas de silence auquel l'écho à voix entière ne réponde. » Le désir est aérien, sans cause ni justification : « A batallas de amor, campo de pluma », à batailles d'amour, champ de plume.

Plus de quatre siècles après, Picasso écoute, dans sa langue natale, ces « annales du vent ». Dans un raccourci fulgurant, le poète andalou lui lègue son « or intuitif ».

Berthe Morisot, comme Anne et Lucie, aurait pu être espagnole. Manet, paraît-il, aimait en elle une liberté fantasque et passionnée qu'il admirait chez Goya. On le dit, mais pas assez : pas de Manet sans l'Espagne. La très belle Berthe lui a beaucoup prêté son corps, mais elle reste ambiguë sur sa peinture, et constate, non sans un plaisir à peine dissimulé, ses échecs :

« Ce pauvre Manet est triste. Son exposition, comme toujours, est peu goûtée du public mais c'est pour lui un étonnement toujours nouveau. Cependant, il m'a dit que je lui portais bonheur, et qu'il avait eu une demande d'achat pour *Le Balcon.* Je le voudrais pour lui, mais j'ai grand peur que ses espérances ne soient encore une fois déçues. »

Pauvre Manet ! Non seulement il ne plaît pas au public, mais il s'en étonne. C'est un naïf. Il ne comprend pas que le public n'a rien à faire de sa peinture élitiste. Heureusement, je suis là, moi, *je lui porte bonheur*, mais pas suffisamment, puisque entre nous, à part ma présence, ce « Balcon » est bizarre, figé, compliqué. Il faudrait faire une peinture plus accessible, légère, qui plaise aux femmes, surtout. On me le dit souvent : « Berthe, dans ce tableau à moitié raté, vous avez l'air triste. » Mais non, c'est Manet qui est triste. Pauvre Manet !

Le temps passe, Zola oublie Manet, et a fort à faire pour cacher la peinture de son ami d'enfance devenu fou, Cézanne. Mallarmé prend ses distances avec ce mort encombrant, et pense que Berthe Manet porte aussi bien ce nom que le pauvre Édouard. Des jeunes gens ambitieux sont là : Gide, Valéry, Claudel. On va les hypnotiser, ensuite on verra. Ce Valéry est un bon disciple, un peu réactionnaire et académique peut-être, mais, en peinture, il est familier de Berthe et aime Degas. Où en sommes-nous ? Ce brillant petit Proust va enterrer le 19e siècle, mais il n'est pas vraiment branché sur Manet, et pour cause. Quant à l'autre, Céline, il est énergique, mais il ne comprend rien à la peinture. Ne me dites pas que de grandes tempêtes se préparent, et qu'un Espagnol va passer son temps à nous remettre Manet dans les pattes. Il est fou aussi, celui-là, avec ses femmes tordues et ses cubes hallucinés incompréhensibles.

Après la mort de Manet, quelques journalistes esquissent une autocritique (après tout, on ne sait jamais) :

« C'est au bruit que fait un homme en tombant qu'on peut mesurer exactement quelle place il occupait quand il était debout. »

Comme quoi il suffirait de *tomber* pour qu'on vous reconnaisse une place. Merci beaucoup.

Un autre, tout aussi hypocrite :

« Manet était de ces innovateurs obstinés, qu'on discute, qu'on attaque et dont on rit tant qu'ils vivent, mais qu'on regrette aussitôt qu'ils sont morts. »

En réalité, on ne regrette rien, sauf le type qu'on pouvait attaquer, railler, et cogner. Riez, riez, rira bien qui rira le dernier. Mais non, plus personne ne rit, on *défile.* Il est bouclé au musée.

En 1974, Picasso vient de disparaître, et, en publiant *La Tête d'obsidienne,* Malraux poursuit son idée de « musée imaginaire ». Il s'emploie surtout à noyer le poisson. Pas une seule précision physique. Le « sacré » de Malraux est une fantasmagorie dissolvante, psychique, spiritualiste. Cette tête d'obsidienne a une couleur de faux noir, obsidionale, elle évoque la fièvre et l'angoisse frappant la population d'une ville assiégée. Malraux, se sentant tardivement assiégé par Picasso ? Il y a de quoi, sur plusieurs plans à la fois.

Il essaie donc d'intégrer ce dérangeur à la magie primitive, il le renvoie aux Scythes pour mieux éviter ses corps vivants féminins, le tout après la mort du peintre et en présence de sa veuve. On dirait des passes d'envoûtement, chamanisme et Panthéon. Il met, *sur le même plan* que Picasso, Braque, Chagall, Balthus. La grande liberté sexuelle n'est pas son genre, pas plus que l'humour. Le grand absent du Panthéon s'appelle Pan.

Bien entendu, Malraux rapporte avec avidité ce que Picasso lui a raconté de sa rencontre avec les sculptures et les fétiches « nègres ». « Moi aussi, dit Picasso, je pense que tout c'est inconnu, c'est ennemi... Les fétiches étaient des armes pour aider les gens à ne plus être des sujets des esprits, à être indépendants... Si nous donnons une forme aux esprits, nous devenons indépendants... »

Mais enfin, Malraux, les femmes de Picasso ne sont pas des « esprits ». Elles ont des corps, des noms, des dates, ce n'est pas parce que la veuve est là (laquelle se suicidera bientôt, hantée par des apparitions nocturnes du fantôme de Picasso) qu'il faut effacer Fernande, Eva, Olga, Marie-Thérèse, Sara, Dora, et les autres. La guerre d'Espagne n'est pas la même pour Picasso et pour vous, la guerre des sexes non plus. Mieux vaut se souvenir de ce que Nietzsche entend par « la grande synthèse du créateur, de l'amoureux et du destructeur ». C'est-à-dire (portrait anticipateur de Picasso) :

« Concevoir l'homme supérieur à l'image de la nature : immense profusion, immense raison dans le détail ; prodigalité dans l'ensemble, et *indifférence* à cette prodigalité. »

« Indifférence » renvoie à Manet. Pour Picasso, je souligne « immense raison dans le détail ». La nouvelle raison ne va jamais sans détails.

Il y a les femmes qu'on connaît, celles qu'on croit connaître, celles que l'on ne connaît pas en les connaissant, les variantes et les variables sont nombreuses, mais pas innombrables. Être explorateur de ce tourbillon en mutation demande des dons particuliers, pinceau et stylo intérieurs, dessin, couleurs, oreilles. Victorine n'est pas Berthe, qui n'est pas Méry, qui n'est pas Suzon. Albertine n'est pas Albertine, Molly Bloom est, et n'est pas, Nora Joyce, Frieda, dans *Le Château*, est plus Kafka qu'on ne croit. Il faut tenir compte du pays, de l'époque, de l'Histoire en cours. Si Manet n'avait pas rencontré Suzanne à 20 ans, peut-être n'aurait-il pas eu l'audace des boulevards et de son atelier transformé en bar. Il s'étonne de ne pas plaire au public ? C'est un étonnement normal pour tout homme vite comblé par des femmes sur le plan physique. Il s'imagine que tout le monde doit applaudir à sa liberté ? Sa vision est juste, la nier est injuste.

Picasso les a toutes aimées, et puis la mort ou la folie sont passées. Elles voyaient d'un mauvais œil, ces Érinyes de l'ombre, la démarche *respiratoire* de ce surdoué, diplômé des bordels de Barcelone. Elles ont frappé autant qu'elles ont pu. En vain, et c'est là le miracle. Voyez Picasso vivant sous les reproches incessants de Fernande, Olga, Dora, Françoise. Dès qu'il aperçoit Dora, il est sûr, dit-il, qu'elle sera « la femme qui pleure ». « Je savais que je la ferais un jour comme ça. » Les féministes du monde entier sont pour Dora, ce type est un monstre, sa formule « les femmes sont des machines à souffrir » le prouve. Ce n'est pas *Histoire d'O* qu'il faut interdire, mais bien Picasso. Paulhan, préfacier de ce récit se voulant sadien, cadeau d'une astucieuse personne, était très limité en peinture, comme tous les pervers candides. Ce titre de lui le montre : « Braque le patron » (le patron !). Il nous manque le portrait de Dominique Aury par Picasso, dommage. Nous n'avons pas non plus celui de Simone de Beauvoir, mais elle est là, avec tous les autres, convoqués par le peintre, chez lui, pour jouer une pièce inepte de son invention. Le roi s'amuse, il a ses moutons.

Manet, quand il exécute le portrait de Mallarmé, sait exactement ce qu'il veut dire. Élégance fermée, et puis fumée. Méry, l'adorable Méry, est complice. Ce poète ne sera jamais best-seller, ni tête de gondole dans les librairies qui sont appelées à disparaître, alors que toi, Édouard, tu seras reconnu un jour, *à ton grand étonnement*, comme le héros dangereux du siècle. Une femme n'a pas à se battre contre Mallarmé et ses coups de dés cosmiques. Contre Manet et Picasso, si. C'est une question de dignité et d'identité profonde. Plutôt plus de femmes du tout que celles-là, peintes par deux malfaiteurs. Si vous en trouvez des comme ça dans certains romans, coupez-les. Mais il faudrait qu'un écrivain soit fou pour prendre ce risque.

Monsieur Manet, quel est votre poète préféré ? Mon ami Baudelaire, mais il m'a beaucoup déçu. Mon ami Mallarmé, mais je crois qu'il n'aime pas vraiment ma peinture.

Monsieur Picasso, votre poète préféré ? Oh oui, Góngora ! Et plus récemment ? Góngora, Góngora...

J'obtiens qu'on nous laisse seuls, Lucie et moi, un soir au musée d'Orsay, pour voir les Manet. Une fois de plus, je suis frappé par les larges dimensions de l'*Olympia* et du *Déjeuner sur l'herbe.* La mémoire rapetisse tout, tandis que la présence des visiteurs étouffe les toiles. Grande Victorine ! Ton corps plane soudain sur Paris ! Lucie est aussi émue que moi, on ne regarde plus rien, on écoute. Qu'est-ce que Manet lui disait pendant les séances ? Que répondait-elle ? Ont-ils ri ensemble du tour qu'ils jouaient à l'histoire de l'art ? L'a-t-elle prévenu que ça ne plairait pas aux journalistes ?

Courage de Victorine de s'exposer ainsi, nue, provocante, indifférente. Sacré caractère, celle-là. Au fond, Berthe n'a jamais pardonné Victorine à Manet. Bien sûr, elle est nue, elle aussi, de façon plus troublante, mais jamais Manet n'aurait proposé à Victorine de l'épouser à travers son frère, présent, comme un amant, dans *Le Déjeuner*, cette « partie carrée ». Il vaut mieux oublier ces tableaux, et je m'étonne encore une fois qu'ils soient exposés dans un lieu public.

J'embrasse longuement Lucie devant l'*Olympia*. La toile frémit, répond, s'intensifie, sa fraîcheur augmente. Elle se peint de nouveau toute seule. On sort au bout d'une heure, fatigués par cette embardée.

Au musée Picasso, même aventure, mais c'est autre chose. Là, c'est la main gauche de Lucie que je serre dans ma main droite, pour sentir son sang à travers le temps. C'est dit : on fera un seul voyage ensemble, à Stuttgart, pour se retrouver devant *Le Violon*. Jolie Lucie, pense à la rue du Bac, comme si nous étions, en 1912, non pas en Allemagne, mais à Paris, tu sais, cette ville qui fait semblant d'être morte.

Maintenant, je rêve que je dois marcher rapidement pour rejoindre le 7e arrondissement, en venant du 5e. Le trajet est simple : traverser le jardin du Luxembourg, prendre la rue Bonaparte, passer devant le numéro 5, où est né Manet, plus vite, plus vite, courir sur les quais, arriver enfin au musée d'Orsay. Mais, là, un autre rêve m'attend au tournant : ma sœur Anne, allongée au bout de mon lit, en chemisier et pantalons noirs, tient curieusement mon pied droit entre ses jambes. Ça n'a pas l'air de lui déplaire, au contraire, et elle allonge même, de loin, son bras et sa main gauches sur moi.

Je ne pourrais pas avouer aux femmes dont j'ai rêvé mes activités coupables avec elles. Si certaines savaient, surtout les *sérieuses* ! Ça ne marcherait pas dans la réalité, mais en rêve, c'est-à-dire en peinture, rien de plus facile, de plus naturel et, parfois, de plus partagé. Comme cette directrice est soudain agréable, et cette femme d'affaires abandonnée ! Comme cette beauté insoupçonnable, et d'ailleurs amoureuse, s'offre un écart, très vite oublié !

Le rêve vous fait coupable mais pas responsable, c'est un crime sans conséquences. Vous n'avez pas à prendre en charge vos agissements douteux, et vous vous demandez souvent, contre toute raison, si l'une ou l'autre n'a pas des doutes. On ne peut pas leur demander de raconter leurs rêves : elles sont avec vous, de temps en temps, sur un divan nocturne, c'est tout.

La seule question qui se pose, c'est de savoir si celle-ci ou celle-là a rêvé qu'elle faisait l'amour avec vous. Elle l'a peut-être fait, mais *sans le faire.* C'était un tableau vif, enlevé, très beau. Effacé. Le peintre, au réveil, modifie sa composition, l'écrivain consulte ses notes griffonnées vers 3 heures du matin, et qu'il peut à peine déchiffrer. Victorine a-t-elle pensé à ce que faisait exactement sa main gauche posée sur son sexe ? Combien de fois Manet lui a-t-il demandé de *reprendre la pose* ? En a-t-elle rêvé ? Et lui ? Voilà, elle *plaque* son accord à l'endroit sensible, et si vous ne l'entendez pas, c'est que vous n'êtes pas là. La négresse apporte un bouquet de fleurs du mal, le chat noir, ou la chatte, va miauler dans trente secondes. Le visage de Victorine dit quoi ? Défi, triomphe, assurance ? Non, rien. Ou alors : circulez, il n'y a rien à voir. Ou : attendez votre tour. Ou : la journée s'annonce très bien. Ou : jamais sans peinture. Ou : ce Manet, quand même, c'est quelqu'un.

Dans les séries finales du *Peintre et son modèle*, Picasso ne se préoccupe plus de la moindre identité cernable. Ce sont des fantaisies mythologiques comme tirées des vases grecs, des duels rapprochés avec son chevalet dans la nature. Le peintre n'est plus personne, son modèle non plus, ils sont dans la répétition de la répétition, et ça pourrait durer comme ça indéfiniment.

N'empêche, il a toujours affaire à la Grande Idole, Picasso, il doit sans arrêt l'attaquer, la disloquer, la boursoufler, la détériorer. Nulle n'y échappe, et les derniers nus de Jacqueline, par exemple, sont stupéfiants de lucidité. C'est elle qui prend les photos de leur entente heureuse. Picasso laisse faire, semble ravi de cette mise en scène matriarcale et maternelle, garde un sourire en réserve, un œil en coin. C'est la paix, le confort, la grande célébrité, mais c'est toujours la guerre. Photo, la mort. Pinceau, la vie.

Manet a vu le drame de Berthe, il l'a peinte en train de s'abîmer et de grimacer. Il finit par lui mettre une voilette. Avec Picasso, c'est tout de suite le choc frontal. Elles sont toutes très belles (photos), délicatement reçues chez l'artiste (dessins, fusains), et puis le dieu diabolique de la peinture leur fait cracher une vérité sauvage. Dora pleure, mais est aussi un oiseau de malheur, une *harpie.* Marie-Thérèse se change en gros ballon de plage multicolore, et Françoise en fleur artificielle. Il vaut mieux ne pas séjourner longtemps près de Picasso, il capte la moindre réticence, la plus petite distance, c'est un magnifique paranoïaque, *avec raison.*

Elles ne comprennent rien à la peinture, c'est clair, elles vont se mettre à peindre derrière son dos, révélant ainsi la folie qui les constitue et que le Spectacle va utiliser de plus en plus à ciel ouvert. Vous me direz que personne n'est obligé, comme Picasso et Manet, de relever le défi « femmes ». On peut rester dans les normes, payer, idéaliser le phénomène, se croire femme à leur place, se cantonner dans l'homo. Mais alors l'expérience fuit la vérité qui passe à travers ces corps, leurs illusions, leurs enfants, le rouleau du temps. Picasso n'embellit rien, il voit la courbure, c'est-à-dire la beauté au-delà de la beauté. Ses portraits les plus virulents gardent une *netteté* confondante. Chirurgien infernal, sans doute, mais irrésistible.

Nietzsche, dans une lettre de rupture avec sa vieille amie Malwida, lui reproche, à juste titre, son « idéalisme ». « J'appelle idéalisme, dit-il, l'insincérité faite instinct. » Elle ne ment pas consciemment, mais par instinct.

Manet, Picasso sont la sincérité faite instinct, et voilà qui ne plaît pas au public. Cézanne, autre instinctif, arrache la vision à sa fausseté fondamentale : vous ne voyez pas ces fruits, cette nappe, ces arbres, ces rochers, cette montagne. Il manque de femmes pour poursuivre sa démonstration, s'invente des baigneuses, empile des têtes de mort. Madame Cézanne n'en reste pas moins une bûche, et Madame Matisse, plus tard, un fauteuil. Rodin, lui, a son bordel érotique, dessins et lavis qui exhibent ses frénésies.

Les vraies fleurs sont chez Manet, les enfin vraies femmes chez Picasso. Parfaites, imprévues, elles s'offrent à leurs expériences. Elles s'épanouissent, éblouissent, vieillissent, périssent, ce sont elles qui balisent le fleuve du temps. Attention aux périodes où, sur ce sujet, on peut revenir 50 ans en arrière. Manet surgit d'un désert de 80 ans, il faut attendre 40 ans pour arriver à Picasso, lui-même disparu il y a 40 ans. Au point zéro où nous sommes, il faudra sans doute attendre de nouveau 40 ou 80 ans. Et pourquoi pas mille ans, ou deux mille ? Quand on porte un Évangile, on a le temps devant soi.

C'était couru : je rêve de quelques femmes de Manet et de Picasso. Aucun problème avec Victorine, professionnelle mais froide. Séance passionnée avec Berthe, qui me reproche quand même de ne pas divorcer pour elle. Idylle avec Méry et son chapeau noir, en pleine campagne. Presque rien avec Suzon, du marbre.

Avec Fernande, liberté complice, mais presque tout de suite, demande d'enfant. Avec Eva, la merveille. Avec Dora, du hard, mais des pleurs. Avec Marie-Thérèse, rien, trop blonde. Avec Françoise, rien, mauvaise voix. Avec Jacqueline, en Lola de Valence, préliminaires puis confusion. Avec Sara, longs baisers sur la plage.

Les boulevards d'aujourd'hui sont les chaînes de télévision, et il est logique de se demander quelle présentatrice de journaux d'information, quelles spécialistes de la météo, quelles animatrices en tout genre on aimerait peindre nues. Celle-là, peut-être, une brune enjouée, en train de caresser le globe terrestre, vers le bas, sur la droite, pour commenter des inondations catastrophiques en Corée. Ou bien celle-là, souriante, mutine, aux yeux noisette, parlant avec conviction d'un livre qu'elle n'a pas lu. Ou encore celle-là, un peu endormie, chaleureuse, vous souhaitant un bel été sous les orages et la pluie. À moins que ce ne soit celle-là, très Bar aux Folies-Bergère, vous offrant tout son corps avec innocence. Il y aurait bien deux ou trois femmes politiques, mais elle prétendent qu'elles n'ont pas de temps pour les poses. Elles ont tort.

J'écarte les actrices de cinéma et les mannequins, je peins uniquement les stars modestes du petit écran qu'on voit tous les jours *habillées* pour vous faire du charme. Mon exposition est un grand succès, surtout « La Météo », « La Bourse » et « Le Journal des sports », sans parler de « Notre correspondante à Washington », un chef-d'œuvre de nu dans l'herbe, non loin de la Maison-Blanche. Je tombe amoureux, pendant trois semaines, de la jeune parleuse ronde et châtain aux yeux noisette, je garde le tableau pour moi. Le record de vente est pour la présentatrice de la météo, normal, puisqu'on la voit matin, midi et soir, en boucle. Elle est chaude, éclatante, jambes et gorge fondantes. Avec elle le printemps renaît.

La Bourse est une de mes toiles préférées. On voit qu'on est simultanément à New York, Tokyo, Francfort, Londres, Paris, Milan, les chiffres pullulent, la *dette* s'accumule, le sourire hautain du nu, en surplomb, est celui de la Vénus de Milo. Le tableau a été immédiatement repris sur tous les ordinateurs, il a fait le tour du monde en cinq minutes. C'est l'*Olympia* à la puissance milliards. Mes *Demoiselles du sport* sont aussi très prisées, surtout depuis que le football féminin fait vibrer les stades. Toutes ces nymphes nues se disputant un ballon à coups de pied valent mieux que les Bacchanales anciennes.

J'ai demandé le texte de présentation à un philosophe célèbre. Il s'en est bien tiré, en insistant sur l'extrême modernité de mon travail. Édition soignée du catalogue en chinois, français et anglais. Toutes les œuvres ont été vendues en huit jours, grâce à la télévision qui leur a fait une publicité d'enfer. Prochaine exposition : Shanghai.

Mes peintures imaginaires d'un côté, mes manuscrits bien réels de l'autre. Je viens de recevoir les remerciements du Recteur de l'Université de Shanghai pour le don de mes manuscrits effectué par « une personne qui souhaite garder l'anonymat ». Sacrée Lucie ! Vite fait, bien fait. J'irai un jour là-bas pour voir mon écriture *sous vitrine.* Une jeune *chercheuse* est déjà à l'œuvre, et j'apprends en même temps (voyez le roman) que *Trésor d'Amour* va être traduit par une nouvelle maison d'édition créée en février 2010 à Pékin. C'est le moment exact de ma rencontre avec Lucie et de l'arrivée du manuscrit de Casanova à Paris. On se la joue mégalo sur plus de deux siècles. Pari.

LES PASSIONS DE FRANCIS BACON, 1996.

Dans la collection « À voix haute » (CD audio)

LA PAROLE DE RIMBAUD, 1999.

Aux Éditions Grasset

VISION À NEW YORK, *entretiens avec David Hayman* (Figures, 1981; Médiations/ Denoël ; Folio n° 3133).

Aux Éditions Plon

CARNET DE NUIT, *essai*, 1989 (Folio n° 4462).
LE CAVALIER DU LOUVRE : VIVANT DENON, 1747-1825, *essai*, 1995 (Folio n° 2938).
CASANOVA L'ADMIRABLE, *essai*, 1998 (Folio n° 3318).
MYSTÉRIEUX MOZART, *essai*, 2001 (Folio n° 3845).
DICTIONNAIRE AMOUREUX DE VENISE, 2004.
UN VRAI ROMAN, MÉMOIRES, 2007 (Folio n° 4874).

Aux Éditions Lattès

VENISE ÉTERNELLE, 1993

Aux Éditions Desclée De Brouwer

LA DIVINE COMÉDIE, *entretiens avec Benoît Chantre*, 2000 (Folio n° 3747).
VERS LE PARADIS : DANTE AU COLLÈGE DES BERNARDINS, *essai*, 2010.

Aux Éditions Carnets Nord

GUERRES SECRÈTES, 2007 (Folio n° 4995).

Aux Éditions Robert Laffont

ILLUMINATIONS, *essai*, 2003 (Folio n° 4189).

Aux Éditions Calmann-Lévy

VOIR ÉCRIRE, *entretiens avec Christian de Portzamparc*, 2003 (Folio n° 4293).

Aux Éditions Verdier

LE SAINT-ANE, *essai*, 2004.

Aux Éditions Hermann

FLEURS. Le grand roman de l'érotisme floral, 2006.

Au Cherche Midi éditeur

L'ÉVANGILE DE NIETZSCHE, *entretiens avec Vincent Roy*, 2006 (Folio n° 4804).
GRAND BEAU TEMPS, 2009

Aux Éditions du Seuil

Romans

UNE CURIEUSE SOLITUDE, 1958 (Points-romans n° 185).
LE PARC, 1961 (Points-romans n° 28).
DRAME, 1965 (L'Imaginaire n° 227).
NOMBRES, 1968 (L'Imaginaire n° 425).
LOIS, 1972 (L'Imaginaire n° 431).
H, 1973 (L'Imaginaire n° 441).
PARADIS, 1981 (Points-romans n° 690).

Journal

L'ANNÉE DU TIGRE, 1999 (Points n° 705).

Essais

L'INTERMÉDIAIRE, 1963.
LOGIQUES, 1968.
L'ÉCRITURE ET L'EXPÉRIENCE DES LIMITES, 1968 (Points n° 24).
SUR LE MATÉRIALISME, 1971.

Aux Éditions de La Différence

DE KOONING, VITE, *essai*, 1988.

Aux Éditions Cercle d'Art

PICASSO LE HÉROS, *essai*, 1996.

Aux Éditions Mille et Une Nuits

UN AMOUR AMÉRICAIN, *nouvelle*, 1999.

Aux Éditions 1900

PHOTOS LICENCIEUSES DE LA BELLE ÉPOQUE, 1987.

Aux Éditions Stock

L'ŒIL DE PROUST. Les dessins de Marcel Proust, 2000.

Préfaces

Paul Morand, NEW YORK, *GF Flammarion.*

Madame de Sévigné, LETTRES, *Éditions Scala.*

FEMMES MYTHOLOGIES, en collaboration avec Erich Lessing, *Imprimerie Nationale.*

D.A.F. de Sade, ANNE-PROSPERE DE LAUNAY : L'AMOUR DE SADE, *Gallimard.*

Mirabeau, LE RIDEAU LEVÉ OU L'ÉDUCATION DE LAURE, *Jean-Claude Gawsewitch Éditeur*

Willy Ronis, NUES, *Terre bleue.*

Ouvrage composé
par Nord Compo.
Achevé d'imprimer
sur Roto-Page
par l'Imprimerie Floch
à Mayenne, le 2 décembre 2011.
Dépôt légal : décembre 2011.
Numéro d'imprimeur : 81100.

ISBN 978-2-07-013202-7 / Imprimé en France.

179478